# TROP DE LUMIÈRE

Caroline Paquin

# TROP DE LUMIÈRE

roman

CARTE **BLANCHE**

Les Éditions Carte blanche
1209, avenue Bernard Ouest
Bureau 200
Outremont (Québec)
H2V 1V7
Téléphone : (514) 276-1298
Télécopieur : (514) 276-1349
carteblanche@vl.videotron.ca

Distribution au Canada :
FIDES
165, rue Deslauriers
Saint-Laurent (Québec)
H4N 2S4
Téléphone : (514) 745-4290
Télécopieur : (514) 745-4299

Dépôt légal : 4ᵉ trimestre 2003
Bibliothèque nationale du Québec
ISBN 2-89590-021-3

À la mémoire de ma fille Romy,
mon petit papillon envolé.


Merci...

à toi, Jean-Marc, l'homme de ma vie,
pour me donner mille et une raisons de t'aimer ;

à toi, Claude Daoust, mon amie,
pour la femme inspirante que tu es
et pour avoir été la première à croire en mon écriture ;

à toi, Dominique, ma sœur,
pour ta grandeur d'âme et notre si précieuse complicité ;

à toi, Sylvie, ma sœur,
pour m'apprendre, par ton authenticité
et ta simplicité, si souvent la vie ;

à toi, Claude Leblanc, mon amie,
pour ta générosité et ton originalité ;

à toi, enfin, Johanne Giroux, ma dernière belle découverte,
pour ton talent et ton enthousiasme.

« Il ne faut cesser de s'enfoncer dans sa nuit :
c'est alors que brusquement la lumière se fait. »

Francis Ponge

## Chapitre 1

# LA MAISON DU PÈRE

« Ouvrez-moi cette porte
où je frappe en pleurant. »

GUILLAUME APOLLINAIRE

Lᴀ ᴠᴏɪx ᴅᴜ ᴘèʀᴇ, trop calme, bouscule encore : « Il a seulement douze ans et il sait tout sur le bout de ses doigts. Allez, continuez, demandez-lui n'importe quoi sur l'histoire de la France… Vincent, voyons, réponds à Monsieur Bôdelère ! C'est un grand botaniste, auteur d'un essai remarquable sur les fleurs. Vincent, tu fais attendre mes amis… Henri IV, l'année de son assassinat ?… »

Le sourire factice des invités presse discrètement Vincent. Politesse oblige. De la retenue ! Le grand monde connaît bien, mais le grand monde joue souvent faux.

Manifestement, l'intérêt s'effrite. Tous sont las de s'émerveiller devant un adolescent même pas foutu de les impressionner. Il devrait être interdit aux enfants d'être aussi ennuyeux. Leur présence n'est-elle pas déjà suffisamment gênante ?

Vincent a chaud. Très chaud. Il retient son souffle. S'interdit de respirer. Redoute le pire : l'oubli. L'oubli ! Sa mémoire défaille, abandonne son esprit dans le noir. Qu'est Vincent sans ce qu'il a appris ? Sans images, sans mots, sans chiffres ? Son père l'a mis en garde : « Il suffit de laisser échapper une seule donnée pour que le reste suive… »

Vincent a si peur. Une voix, à l'intérieur de lui, hurle : « Henri IV ? Henri IV ? Henri IV ? Fin du XVIe siècle? Début du XVIIe? La date exacte de sa mort? Je la savais. Je la savais. Je l'ai apprise, répétée, répétée. Je ne peux pas l'avoir oubliée. Pas ce soir! Pas ici! Pas devant mon père! Pas devant tout ce monde.»

Son cœur bat de plus en plus vite, à faire éclater sa cage thoracique. Ses pupilles, en balayant le salon, s'affolent. Elles vont le trahir. Les poings durs sur ses genoux devraient fendre sa bouche interdite. La musique de Chopin continue, se déverse sur son silence. Impuissant, Vincent reste planté là. Il ne sait pas.

Il voudrait gagner du temps, demander un sursis ou, encore mieux, faire diversion. Il pourrait ainsi courir jusqu'à sa chambre, ouvrir son dictionnaire et revenir. Revenir, recommencer à partir du début et, cette fois, savoir. Savoir…

Son père l'a si souvent prévenu. «N'oublie jamais que l'ignorance a tué plus d'hommes que la guerre. Il te faut donc être très vigilant. La majorité inculte ne passe pas à l'histoire. Elle n'existe, pour ainsi dire, pas. Elle n'est qu'un mal nécessaire : une sorte de tremplin qui permet aux hommes de valeur de se propulser…»

Vincent n'a aucune excuse. La médiocrité n'est pas défendable. «Toi seul es responsable de ta condition, mon fils. Si tu es trop souvent désolé de ne pas savoir, tu finiras par n'inspirer que désolation.» Il va donc rester là et supporter…

Supporter la laine du pantalon sous ses paumes moites, la dureté de la chaise en bois, le frôlement du chat Schumann sur ses jambes, le regard brillant des adultes érudits en face, le corps de la mère droit comme un pilier dans l'embrasure de la porte et, surtout, les mains du père qui jouent avec tellement d'aisance la *Grande Fantaisie*...

Les notes se suivent, déferlent dans une cruelle harmonie. À la bouche du père qui se contorsionne, Vincent tente de s'accrocher. Et si elle lui soufflait la bonne réponse? Ce soir, son père va-t-il lui porter secours?

L'espoir, à peine éveillé, aussitôt trahi. L'amour paternel est violemment écrasé, n'a pas lieu d'être. Décevant, toujours décevant cet enfant! Rien qui ne le distingue de la masse. Ne plus se laisser prendre à croire en lui!

«Réponds! C'est pas vrai, mais qu'est-ce que j'ai fait au bon Dieu? On te demande l'année. Seulement l'année. C'est simple, non? Henri IV s'est fait assassiner le 14 mai 1610 par François Ravaillac qui fut condamné, pour avoir commis ce régicide, à être écartelé après avoir été torturé. Tâche de t'en rappeler!»

Finalement, rien à lire sur les lèvres minces! Le fiel est sorti sans retenue, craché en plein visage, comme un profond soupir libérateur.

Les mains de Simon Dufort continuent de s'exécuter avec allégresse. Un sourire très singulier s'épanouit sur le visage du pianiste: les attentes des invités seront plus que comblées. Tout là-haut, sa musique monte. Sublime! Quel homme de talent digne d'admiration!

Simon revient à lui. Le reste autour ne sera toujours que le reste. Il n'existe en vérité que ses doigts agiles qui courent sur les touches lisses et luisantes. L'ivoire soumis à ses caresses fougueuses. Aucune peau n'est aussi douce, même pas celle de l'enfant. Une scène en noir et blanc sans le trop-plein de couleurs de la vraie vie pour l'altérer. La perfection! Simon Dufort est heureux.

La dévotion dans les yeux, les invités quittent leur chaise. Entre les ornements trop riches, sur le tapis persan trop rouge, trop beau, des pas avancent. La reconnaissance et l'envie se bousculent dans les têtes. Les applaudissements éclatent autour du piano. Que cherchent à écraser ces mains devenues écarlates à battre si fort?

Il n'existe qu'une respiration. «Quel prodige!» Le mot est dit. Est-il aussi difficile à porter qu'à prononcer? On s'accroche à l'instrument superbe. On se colle sur lui comme des mouches, mais des mouches bien élevées.

Les compliments fusent de toutes parts. À tour de rôle, on se vautre dans la complaisance pour faire taire la haine qu'une trop grande réussite inspire. Bien qu'il finisse souvent par rapporter, le culte de la notoriété n'en demeure pas moins souffrant.

Entre deux morceaux, les mains du musicien veillent sur l'appât. Le concerto numéro 4 de Rachmaninov s'élève maintenant, enfle l'âme du maître. De quoi éloigner juste assez les fidèles pour les garder près de soi! Les fidèles... Les regarder s'asseoir, autour, plus bas. Rester au centre du monde. Toujours conserver la prise de vue en plongée. Voir cette raie droite et blanche au centre des têtes, une série de lignes dans une masse de têtes.

Le visage candide de l'enfant blêmit. Un seul souhait : un baiser tendrement posé sur son front, puis les bras maternels autour de ses épaules encore frêles avec ce regard émeraude sous les longs cils fardés. Geste plus puissant qu'un philtre. Pour endormir ses cruels tourments, au moins une fois, aux yeux de tous, être aimé passionnément. Mais sa mère ne le voit pas.

La mémoire de Vincent Dufort n'en peut plus de se rappeler ses origines. Sur son front, rien d'autre que la marque du destin gravée par la main d'un virtuose. Tu seras quelqu'un, ô toi, fils de quelqu'un ! Un baptême inoubliable. Beaucoup d'eau glacée répandue sur son corps. Et un froid pénétrant, paralysant.

Le sang du père qui coule dans ses veines et qu'il doit mériter à chaque respiration… Vivre grâce à lui ? Survivre malgré lui ? Mourir à cause de lui ? Cadeau empoisonné. Blessure d'amour-propre infligée avec la naissance.

Tous ces dos devant Vincent. Tous ces gens tournés vers un seul et même homme. On ne laisse pas un enfant seul. Combien peut être opprimante et humiliante la liberté lorsqu'elle est imposée ! Le monde adulte échappe aux yeux gris qui le fixent. Vincent est-il seul à rêver d'amour ?

L'amour ne nous intéresse peut-être plus quand on est assez grand?

Vincent se ressaisit. Il ne mérite pas la cha-leur de la maison. Tandis que personne ne le regarde, il se lève d'un bond et s'éloigne. Il est peut-être encore possible de devenir quelqu'un? Plus jamais il ne décevra Simon et Jasmine Dufort. Déjà qu'il n'a pas l'oreille musicale... Dorénavant, il n'oubliera plus rien. Il commencera par la France. Il saura tout sur elle, au complet, par cœur.

Tête nue, cheveux au vent, Vincent marche. Une meute de souvenirs indomptés se déchirent entre eux, se déchirent en lui. Comment échapper aux monstres qui détruisent les rêves d'enfant? Sous sa mince chemise de coton blanc, son corps en feu s'enivre.

Devant, de la neige sans traces à perte de vue s'offre. Le clair de lune épouse en toutes réserves cette sublime étendue. Un paysage de volupté, lisse et vierge, se dévoile sous les yeux fascinés de Vincent. Tout est possible dans la solitude.

Les pieds de l'enfant s'enfoncent, dévorent impudemment, comme une violente bourrasque, la blancheur immaculée. Ses jambes tout à coup puissantes le portent, l'emportent. Le froid est mordant, pourtant Vincent a chaud. Très chaud.

Une énergie inconnue, farouche, enflamme ses sens. Sur son visage, la sueur coule. Des gouttes glissent jusqu'à ses lèvres entrouvertes. Le goût salé sur sa langue le soûle. L'effort pour l'effort. S'épuiser jusqu'à ne plus rien sentir. Se fondre à toute cette beauté qu'aucune souillure n'a encore altérée. Retrouver en elle l'innocence première.

Ne s'arrêter qu'à la lisière de la forêt qu'il ne voit pas encore. Pas avant. Il ira loin, jusqu'au bout. Que la volonté du père soit faite! Il faut toujours un but: le bois dormant et profond sera le sien cette nuit.

Là-bas, goûter comme jamais au spectacle immobile du monde. Longtemps, contempler le sol peuplé d'arbres, écouter le vent entre les branches, sentir l'odeur des sapins. Puis, retenir son souffle jusqu'à ce qu'il se calme, jusqu'à ce qu'il s'évanouisse.

Échapper ainsi, dans un ultime moment de paix, à l'adversaire. À cet adversaire qui surveille, qui attend, qui attend beaucoup, qui attend beaucoup trop… À cet adversaire qui sait toujours, trop bien, sans même lever les yeux ni les mains de son piano, frapper là où il faut.

Abattu, Vincent vacille. Il n'a plus peur. Son corps frémissant et glacé s'enfonce dans la neige poreuse. Pas la force de lutter ni de pleurer. Dormir pour de bon au sein de l'hiver. Fermer les yeux très fort, se laisser aspirer par un gouffre blanc et ne plus souffrir enfin. Un premier et dernier corps à corps avec la saison froide…

«Vincent, Vincent…» Dans ses rêves, une voix étouffée, lointaine, l'appelle et désespère. Le père plie les genoux devant l'enfant qu'il croit sans vie. La campagne encensée devenue cimetière familial effraie Simon. Le fossoyeur constate sa grave erreur.

C'est lui le coupable. Ses mains sont encore sales. Elles recueillent en tremblant le mort qu'elles ont quelques heures auparavant enterré vivant.

L'esprit troublé de l'enfant déraille. Vincent se sent tout petit : Gulliver, à Brobdingnag, perdu au pays des géants. Simon, le roi du pays, le grand des grands, d'un geste souverain et redoutable, se penche sur l'étranger minuscule qu'il vient de découvrir. Les gestes ne nécessitent aucune mesure : lui seul saura ce moment de faiblesse. Les sujets sont loin et dorment.

À travers ses larmes, Simon Dufort se livre, se délivre. Le rôle parental est injuste en exigeant ce qui n'existerait pas autrement. Entre quatre murs, jour après jour, depuis douze ans, condamné à sentir la chair de sa chair. Liberté d'aimer impossible à recouvrer. Simon sait qu'il est un père indigne, mais c'est qu'il n'a jamais aimé son fils. Jamais !

Simon tient la tête gelée de l'enfant sur son cœur interdit. Son cœur stérile et désolé comme une terre qui a manqué d'eau. Impossibilité… Un tableau trop blanc : deux petites silhouettes réunies, mais perdues dans un désert de givre. Une rencontre qui n'aurait jamais eu lieu si Jasmine avait persévéré dans le chant plutôt que de se laisser emporter par ses élans maternels…

Contre sa poitrine, Simon presse son fils pour la première fois. Fort. De plus en plus fort. L'idée de la mort, horrible, lui fait jurer des promesses impossibles à tenir. « Vincent, Vincent, je t'aimerai ! Je t'aimerai ! »

## Chapitre II

## LA CHAMBRE DU FILS

« Tout bonheur que la main
n'atteint pas n'est qu'un rêve. »

JOSÉPHIN SOULARY

Vincent est assis à la droite de sa mère. Depuis que son père l'a recueilli dans la neige, il y a un peu plus d'un mois, c'est la première fois qu'il sort de la maison. Il a fait beaucoup de fièvre. À chaque fois qu'il prenait un degré, il recevait un peu plus d'amour.

Malgré les nombreuses heures de délire qui ont ponctué son alitement, il se rappelle de plusieurs détails, dont le dos de la main paternelle sur son front. Il n'oubliera jamais la fraîcheur apaisante venue lui extirper le mal qui lui brûlait tout le corps et ce qu'il a vu en ouvrant les yeux…

Son père, assis près du lit, retire sa main, non pas pour la reposer sur ses jambes, mais pour enfouir son visage dedans. Son père? Ces gémissements étouffés, ces épaules tressaillantes sous une chemise blanche défraîchie, cette tête qui se penche au ralenti jusqu'à toucher des genoux? Oui, son père! Un sentiment de pudeur oblige Vincent à refermer les paupières aussitôt. Que faire de ce pouvoir inattendu?

Une étrange pitié le cloue sous les draps, lui interdit de faire le moindre bruit. Dans le noir, la raie blanche séparant l'épaisse chevelure de Simon persiste. Une ligne brisée s'est formée à travers les cheveux habituellement impeccablement lissés.

Un faisceau de lumière sinueux, comme un éclair, déchire le ciel noir du passé. Bercé par la faiblesse de son père, Vincent feint de dormir longtemps.

La maladie a plongé Vincent dans un état de béatitude inespérée. On ne lui demandait rien d'autre que de se refaire. Pendant des jours, il n'a eu qu'à exister. On se réjouissait lorsqu'il ouvrait les yeux, qu'il s'assoyait dans son lit et qu'il acceptait d'avaler quelques cuillerées de soupe. Et quand on ne savait plus quoi lui administrer comme soin, on posait Schumann, le chat, lové au pied du lit.

Les couvertures à carreaux bleus et blancs qu'on tirait jusqu'à son menton sans qu'il n'ait à faire le moindre geste, les bons mots prononcés à voix basse tout près de son oreille, les com presses d'eau froide sur son visage et même les bains glacés où on a immergé son corps à plusieurs reprises l'ont comblé d'une joie jamais éprouvée.

Ce soir, dans moins de quinze minutes, son père donnera un concert très attendu. La salle est comble. Sa mère porte une longue robe noire élégante avec une ouverture sur le côté qui découvre à peine ses jambes. Sa main erre de sa chevelure cendrée relevée et nouée en un chignon complexe à son collier de perles qui ceint son cou délicat.

Malgré son air désinvolte, Jasmine surveille attentivement la scène du coin de l'œil. Légèrement penchée vers la gauche, elle attend impatiemment la levée du rideau tout en discutant avec Paule Valérie, une critique musicale modeste, malgré ses débuts fulgurants, surnommée la Jeune Parque pour sa grande sensualité et ses articles corrosifs propres à décider de la vie ou de la mort des musiciens.

Le profil de Jasmine se détache du reste de la foule. Vincent observe sa mère, fasciné par son visage tranquille, par ses gestes gracieux, par ses paroles assurées. On dirait que, dans cette conversation qu'elle entretient avec cette dame importante, elle s'adresse à une de ces élèves qui viennent à la maison suivre des cours de chant.

Son ton est ferme et doux à la fois, tout en mesure et en retenue. Les joues de Jasmine se creusent légèrement comme lorsqu'elle exécute quelques vocalises en guise d'exemple devant ses petites apprenties. Et entre les répliques, les commissures de la bouche vermeille s'immobilisent en un mystérieux sourire. La peau de Vincent se hérisse. Le charme de sa mère, le charme de la femme, tout à coup révélé, le trouble.

Une seule fois, sa mère l'a ému autant. Mais la situation était tout autre…

C'est le printemps, Vincent aura bientôt huit ans. Une lumière extraordinaire, de celles qui ne durent pas, perce les nuages. Le ciel est d'un rouge violacé, sa voûte semble vouloir s'enflammer et ainsi s'élargir sur la campagne bourgeonnante.

Rien ne laisse présager que dans quelques minutes à peine les champs vont sombrer dans le noir. Pourtant, le soleil s'évanouit bel et bien à l'horizon. C'est toujours avant de mourir qu'il donne le meilleur de lui-même. Question de laisser un bon souvenir!

Tandis que sa mère le ramène à la maison, Vincent compte les hêtres immenses qui bordent la route et qui défilent sous ses yeux à vive allure. C'est ce qu'il a trouvé de mieux à faire pour oublier une autre de ses piètres performances. Ses leçons de violon sont une catastrophe monumentale. Sa mère n'y assiste plus depuis qu'il fait assez chaud pour attendre dans la voiture. Elle a prétexté à Vincent que cela aiderait à sa concentration.

Seul son maître, Monsieur Arturin Bault, dont l'âme missionnaire a dû être frappée par de nombreuses illuminations du Saint-Esprit, s'entête avec ferveur depuis plus de deux ans à poursuivre l'entreprise infructueuse. En fait, c'est qu'une promesse le lie à son grand ami Simon Dufort. Une promesse qui, si elle n'était pas tenue, pourrait également compromettre la réputation dudit professeur.

«Aucun élève ne m'a jamais résisté, mon cher Simon, tous ceux à qui j'ai enseigné vivent aujourd'hui de la musique. Je vous promets que votre fils sera un jour le premier violon d'un grand orchestre. Je m'en fais un devoir... Et si j'échoue, je vous cède mon bateau qui vous rend ivre d'envie.»

L'apparence du bonheur. Le silence où la radio permet de se réfugier. Vincent poursuit le compte des arbres: 38, 39, 40... Jasmine, elle, cherche comment annoncer à son mari qu'elle n'en peut plus d'assister aux cours de leur fils. La gamme de do qu'il n'arrive même pas à jouer...

Ils devront bien se résigner un jour. Elle devra bien se résigner un jour. Elle qui a abandonné une brillante carrière pour son enfant. Simon lui rappellera qu'elle n'aurait jamais dû...

La fugue finale du *Stabat Mater* de Pergolesi qui s'élève tout à coup ramène Jasmine presque neuf ans en arrière. Elle est à Paris, à la fois au faîte et à la fin de sa carrière de soprano. Depuis deux mois, elle est enceinte.

Et reviennent l'image de la Vierge souffrant aux côtés de son fils sacrifié, une toute petite reproduction de la *Mise au tombeau* de Raphaël qu'elle avait fixée au-dessus du miroir de sa loge dès la première répétition, et les quelques vers de Jacopone da Todi qu'elle s'était répétés avant de monter, une dernière fois, sur scène en posant sa main sur son ventre qui commençait à s'arrondir :

*Debout, la mère douloureuse*
*Serre la Croix, la malheureuse,*
*Où son pauvre enfant pend.*
*Et dans son âme gémissante,*
*Inconsolable, défaillante,*
*Un glaive aigu s'enfonce*
*Elle pleure, pleure la Mère,*
*Pieusement qui considère*
*Son enfant assassiné.*
*Elle voit son petit garçon*
*Qui meurt dans un grand abandon*
*Et remet son âme à son Père.*

Si les deux mains de Jasmine tiennent toujours le volant, son cœur, lui, flanche. Des écluses se rompent d'un coup. Des larmes déforment les joues lisses en roulant. Que reste-t-il de Jasmine Mondeville ? Des regrets qu'elle s'est toujours refusé d'éprouver. Son royaume perdu parce qu'elle en a ouvert la porte à son fils.

Et de sa gorge sortent des sons, les mêmes, mais beaucoup plus puissants et tristes que ceux projetés par la radio. Un cri de détresse. Une voix extraordinaire, à nulle autre pareille, trop belle pour raconter la mort. Vincent détourne la tête de sa fenêtre.

Pour la première fois et de si près, il voit sa mère chanter. Pour la première fois, aussi, il la voit pleurer. Il souffre tant. Compassion, culpabilité et éblouissements lui interdisent tout mouvement. Sa mère ne lui dira jamais, mais il sait qu'il a échoué. Son père a vu trop grand pour lui. Vincent retient ses larmes. Trop de tristesse pourrait tuer sa mère.


Souriante, Jasmine se tourne vers son fils, prend sa main : « Ça me soulage que tu aies aussi bonne mine ce soir. Lundi, tu pourras retourner à l'école... Tous seront conquis par la prestation de ton père. Que du Beethoven ! Tu sais, Vincent, que Beethoven a écrit quelques-unes des œuvres les plus grandioses de toute l'histoire de la musique alors qu'il était sourd ?... »

Vincent sait… Oui, il sait! Il sait que ce soir marquera la fin de sa période de félicité. Les allées et venues de ses parents du salon à sa chambre jusqu'aux petites heures du matin. Le revers de leurs mains qui effleure son front. Le son de la porte qu'on ouvre et qu'on ferme un peu plus doucement chaque fois. La guérison envoie tous ses privilèges à la guillotine.

Le rideau de velours rouge se lève. L'intensité de la lumière diminue. Un seul projecteur reste allumé, éclaire son père qui reste immobile, la tête haute. L'œil de sa mère brille de fierté, son visage s'épanouit. Comment pourrait-elle ne pas être amoureuse d'un homme comme Simon? La froideur n'enlève rien à la beauté des statues de marbre.

Vincent se recueille, s'enfonce dans son siège, se noie au reste de l'assistance. Entre ses mains moites, le programme roulé tourne. Malaise et satisfaction perfide se confondent en lui. Le Simon Dufort qui avance et s'installe au piano n'a rien en commun avec l'image du père éploré qu'il s'est juré de garder secrète.

Vincent baisse les yeux sur le smoking noir très ajusté qu'il porte. Il sent le tissu tirer sous ses aisselles. Sa peau doit être rougie. Mais peu importe, le vêtement vient d'Italie. À son retour de Venise, son père, qui le savait encore fiévreux, lui a offert ce veston de cérémonie griffé ainsi qu'une cravate assortie avec de petites gondoles imprimées dessus.

Des notes vibrantes montent. La sonate *Pathétique* fait déjà frissonner l'auditoire. Vincent détache son regard de sa première cravate, ce long morceau de tissu soyeux que sa mère a noué pour lui. Il découvre son père dans toute sa splendeur qui s'approprie le silence de tous ses admirateurs.

Vincent porte la main à son front : la température ne montera plus. Son pyjama lui manque. Il voudrait enfouir sa tête endolorie dans l'oreiller, sentir la douceur de son édredon, ne plus jamais quitter sa chambre. Être malade comme un chien jusqu'à la fin de sa vie : un chien à qui l'on demanderait seulement de faire le beau et de donner la patte.

Mais il se sait condamné à aller de mieux en mieux, à aller de plus en plus vite, à aller à l'école lundi, à aller aux cours de récupération pour rester le premier de classe, à aller devant les invités pour répondre à toutes les questions posées, à aller...

Et sa récompense ? Quand il sera grand, il pourra regarder son père bien en face et lui dire : « Je suis allé plus loin que toi, papa, beaucoup plus loin. »

Chapitre III

# L'ÂGE DE RAISON

*Dix-huit ans plus tard*

« Il est affreux de voir revenir avec des couleurs d'avenir tout ce qu'on détestait dans le passé. »

JEAN ROSTAND

Il est quatre heures du matin. Surpris dans son sommeil quinze minutes plus tôt, Vincent s'est levé en vitesse, a trouvé le téléphone enfoui sous une pile de linge sale, s'est raclé la gorge et a répondu. Depuis, debout au centre du salon, il n'ose bouger. Une façon de retenir le temps. Pourtant, malgré son immobilité apparente, son corps nu et élancé tangue.

Que s'est-il passé? Comment a-t-il pu hésiter? Un poste dans l'une des plus prestigieuses universités du monde! Une telle offre ne se représentera jamais. Et envolée aussi cette désinvolture des intellectuels parvenus qu'il aurait désormais pu faire sienne: «Oui, j'enseigne l'histoire à l'Université de Paris-Sorbonne… Oui, je n'ai que trente ans! C'est qu'on a qualifié ma thèse de remarquable, assez remarquable pour passer outre mon manque d'expérience…»

Pourquoi avoir demandé à réfléchir? Réfléchir à quoi? Que s'est-il imaginé? Vincent Dufort est remplaçable. Un débutant — de surcroît québécois — est toujours remplaçable. La Sorbonne trouvera un autre professeur. C'était pourtant simple! Il lui suffisait de dire oui. Juste oui. Pourquoi ce mot collé au fond de sa gorge à l'approche des regards rivés sur lui?

Tous ces projecteurs de l'autre côté de l'océan braqués sur son front l'ont aveuglé. Trop de lumière! Son ombre, gigantesque, derrière lui, qu'il a vue danser en se retournant... Le doute s'est installé. Alors, la bonne réponse, celle attendue, n'est pas venue. Ne sera-t-il jamais cet homme dont il avait rêvé enfant?

Vincent ferme les yeux. Dans le noir son jugement s'abat sur lui à grands coups. Coupable! Comment a-t-il pu laisser une nouvelle erreur s'agglomérer à celles du passé? Son beau visage contracté par la douleur se souvient: «Repousse toujours la tentation de t'apitoyer sur ton propre sort, mon fils. Réserve la compassion à ceux qui rabâchent leurs malheurs pour attirer la sympathie d'autrui. Si tu veux devenir un homme, concentre tes efforts à faire envie plutôt que pitié!»

Vincent pose le combiné. Toujours debout, figé, il se concentre. Il veut tellement jouer juste. Ses deux mains vont se perdre dans ses cheveux rebelles, puis s'arrêtent sur sa nuque. Un geste machinal, exécuté avec cette même amplitude que celle de son père. Son corps se dresse, se tend au risque de casser. Et qu'arriverait-il s'il ne partait pas? S'il choisissait... s'il choisissait quoi?

En se dirigeant vers sa chambre, Vincent chasse toute pensée déraisonnable. Il fouille dans cette bonne vieille commode qui le suit depuis qu'il est tout petit. Il en retire un boxer et un t-shirt qu'il enfile aussitôt. Puis, il se penche et

s'empare d'un vieux jean qui traîne par terre près
du lit. Il le passe, monte la fermeture éclair et
retourne pieds nus au salon.

Après avoir attendu de longues heures, Vincent se décide. Il téléphone d'abord à son père,
fort occupé à ouvrir le courrier du matin. Vincent
se veut enthousiaste, mais son ton devient de plus
en plus dolent. Son père le félicite si faiblement,
tellement du bout des lèvres, comme lorsqu'il
revenait de l'école avec ses dessins, de pauvres
gribouillages à peine plus intéressants que les
feuilles brouillons sur lesquelles ils tenaient.

C'est que Simon observe sa progéniture qui
court hors d'haleine derrière lui et de devoir
encourager chaque pas l'exaspère. Simon voudrait
crier à Vincent : « Bon sang ! Mais, cours ! Cours
droit devant toi ! Poursuis avidement l'objet de
ton choix, précipite-toi vers lui comme s'il n'y
avait que ça qui comptait, fous-toi de ma gueule
en me dépassant et j'aurai enfin l'impression que
mon fils est aussi un homme. »

Mais Simon préfère se taire. Il n'est permis de
blasphémer qu'en silence. En présence des autres,
son caractère placide règne. De l'empire sur ses
sentiments ! Même sa plus grande peine, il ne la
laisse jamais transparaître. Pourtant, depuis trois
ans, il n'existe plus qu'elle.

Or comment avouer, comment s'avouer : « Je
pleure sur un amour que j'ai ignoré jusqu'à le voir
enseveli au fond d'un cercueil. Il a fallu que
Jasmine meure pour me rendre compte qu'elle

existait. Il a fallu que j'attende qu'il soit trop tard. » Des regrets, tellement de regrets !

Le deuil garde Simon prisonnier, fossilisé dans des souvenirs qu'il n'a jamais vécus. Difficile de se sentir vivant quand on n'est que survivant ! Tous ces diplômes jaunis, ces titres honorifiques conférés par des inconnus, ces articles de journaux l'encensant et ces photos du plus grand virtuose qui tapissaient les murs, Simon les a remplacés par des photos de sa femme.

Il a réinventé ses souvenirs tandis que sa mémoire chancelait. Il a fait comme s'il pouvait changer l'ordre des choses. Il fallait préserver son cœur troublé. Mais, ce matin, devant son fils unique, il recouvre son trône pour en cacher le velours usé. Simon est un père imperturbable.

Vincent compose un autre numéro. Et c'est au tour de Véronique ; et c'est à son tour, le téléphone entre les mains, de ne pas se sentir assez grande. L'assourdissante voix du succès, qu'elle entend mais qui s'adresse à un autre, lui donne envie de cracher sur sa propre image décevante.

À tue-tête son incompétence qui la hante : ses études de maîtrise en mathématiques qui traînent, mais qu'elle n'arrive pas à abandonner parce qu'elles sont devenues toute sa vie. Impossible de se réjouir. Trop mal. Depuis le début, Vincent la torture. Elle est presque heureuse de le voir partir.

Vincent appuie sur l'interrupteur. Il reste les amis, ces connaissances entretenues entre les cha-pitres de la thèse de son doctorat. Le téléphone

glisse dans la main moite de Vincent. Entre
chaque appel, il faut essuyer la paume qui trahit
la nervosité. Le carnet d'adresses s'épuise vite,
Vincent aussi...

Un long frisson, en plein jour, du bas des reins
jusqu'à la nuque, le secoue. Vincent se lève. Il
cherche un signe, une réponse. Mais il n'y a que
des murs trop blancs et des livres trop lus. Que
des murs et des livres qui se referment sur lui
comme un étau.

Il va ouvrir les rideaux, puis la fenêtre. Il fait
jour. Une brise fraîche entre. Des bourgeons sur le
point d'éclater se balancent et tracent des lignes
invisibles. Montréal, criante de vie, révèle ses
secrets printaniers...

Du troisième étage, Vincent aperçoit un
gamin sur sa bicyclette. Le visage rougi par
l'effort, il suit son père qui a l'air de s'entraîner
pour le Tour de France...

Vincent sourit... Il va dire non. Non, tout
simplement.

Chapitre IV

## LA TERRE DES AUTRES

« Je réponds ordinairement à ceux qui me
demandent raison de mes voyages : que je sais bien
ce que je fuis, mais non pas ce que je cherche. »

MONTAIGNE

Vincent fixe l'horizon où tous l'imaginent. Professeur d'histoire. Ce matin, pour la première fois, il se rendrait à la Sorbonne. Le décalage horaire, la chambre minable où il aurait dormi… peu importerait.

Paris, sa maîtresse, plus majestueuse qu'en songe, l'envelopperait de son voile délicat et mystérieux. Après l'avoir tant espérée, la voilà qui s'offrirait à son regard admiratif. Il tenterait de répondre à l'appel de toutes ses rues, ses mille et une beautés, qui se disputeraient entre elles son corps unique.

Il resterait interdit. Dix minutes, planté devant l'hôtel, le dos et les mains cloués sur la porte, immobile au milieu d'une troupe agitée et aveugle. Trop de gens, hors d'haleine, qui iraient dans tous les sens comme des exilés fuyant leur mémoire chargée de maux. Il n'oserait pas, lui, piétiner de la sorte, en plein jour, des lieux historiques.

Il ouvrirait les yeux plus grands. Ses prunelles grises chasseraient les profanateurs. Elles ne désireraient que les lignes qui, dans une harmonie architecturale complexe, s'étireraient, se toucheraient, se sépareraient. Les pupilles dilatées s'arrêteraient tout près, sur une faille profonde. Elles liraient en elle.

Une déchirante rupture se raconterait. La pierre qu'il croyait si dure, intouchable, se révélerait impuissante, elle aussi, contre le temps qui heurte et traverse toute matière… Vincent repousserait la vision microscopique de la ville.

Il inspirerait longuement. Jusqu'au fond de son âme, il s'imprégnerait de l'air humide. La vie descendrait dans ses poumons. Le détail, un gouffre lorsqu'on s'y attarde, s'estomperait. Vincent reviendrait à la ville, toute la ville où il aurait choisi de rester. Sur elle, comme un parfum singulier, il laisserait son souffle, qu'il aurait religieusement retenu, se répandre. Vincent embrasserait sa terre promise qui l'entourerait. C'est là qu'il prendrait son essor.

Libre et vainqueur, l'étranger frémissant qu'il serait se jetterait dans le va-et-vient bruyant. Il déchirerait la brume épaisse suspendue entre ciel et terre… Une bruine naissante ferait battre ses cils noirs. D'imperceptibles gouttelettes fraîches se poseraient sur son visage satisfait. Tous ses membres, forts et souples, frissonneraient. Dépassant imperméables et parapluies, Vincent continuerait d'avancer énergiquement sur les trottoirs polis.

La pluie s'intensifierait jusqu'à tomber à torrents. Ses cheveux épars et mouillés colleraient à ses tempes. Les gargouilles cracheraient sur le sol. Les fontaines se noieraient. Les parcs se videraient. Le grincement des enseignes suspendues s'élèverait… Et tout cela le nourrirait, le comblerait.

Lui, lui au centre de tous. Mais pour combien de temps? L'avenir devrait toujours rester dans le futur! La gloire des débuts ne dure pas. «Pour rester le meilleur, il faut toujours un but, un nouveau but.» Son père n'était-il pas devenu un grand pianiste en mettant en pratique sa propre théorie?

Chapitre v

# LES LUEURS DE L'AURORE

« Vivre, c'est naître lentement. Il serait un peu trop aisé d'emprunter des âmes toutes faites ! »

ANTOINE DE SAINT-EXUPÉRY

Vincent n'est pas parti. Il a pourtant, non sans en retirer un certain plaisir, fait semblant jusqu'au bout. Il a vendu ses meubles et ses livres, a jeté une tonne de photos qu'il avait jusque-là conservées avec soin, a fait ses valises et a finalement quitté son appartement.

C'est ainsi que s'est révélée à lui, au centre d'un tourbillon de mensonges, une nouvelle et étrange vérité. Après avoir été dépoussiérée et retournée dans tous les sens, sa vie a été là, tranquille, qui l'attendait. À l'insu de tous, il pouvait désormais exister.

Même Véronique, avec qui il a rompu avant de s'engouffrer dans un taxi qui devait se rendre à l'aéroport, le croit à Paris. Seules les larmes de cette dernière, qui poursuivaient son esprit comme un essaim d'abeilles tandis qu'il se dirigeait vers un petit hôtel du centre ville de Montréal, l'ont fait douter... Mais tout changement ne nécessite-t-il pas quelque sacrifice ?

S'il perd sa vie, Vincent l'ignore. Il la risque, c'est tout... À trente ans, il n'a plus qu'une ambition : ralentir. Avancer lentement. À rebours s'il le faut. Doctorat. Maîtrise. Baccalauréat. Qui était-il avant ? Avant toutes ces dates ? Avant tous ces événements appris par cœur auxquels il n'a jamais participé ?

Vincent va au hasard, comme un touriste heureux de s'être échappé d'un voyage organisé devenu insupportable. Plus de guide qui vous dit ce qu'il faut voir en un clin d'œil, qui vous impose de suivre aveuglément la masse de chaussettes noires qui dépassent des espadrilles blanches, qui pose lui-même les questions afin de s'assurer de pouvoir y répondre…

Un nouveau contact, impudique, avec sa propre ville. La regarder comme si c'était la première fois. L'excitation des débuts. Pas de but précis pour l'avenir. Un désir mêlé de crainte. Le vent chaud qui caresse le visage de Vincent transporte de si doux effluves. L'historien ose s'attarder, s'arrêter même.

Il aimerait goûter l'été naissant tout autour de lui. Mais comment ? Son grand corps, tout à coup maladroit, se penche. Des fleurs… « Des tulipes. Tous se méprennent. Bien qu'on en compte des milliers de variétés en Hollande, c'est d'abord en Turquie… »

Vincent refuse tous les mots qui se pressent dans sa tête. Tenter une expérience neuve. Sa main s'étire, épouse le contour évasé d'une corolle. De petites paupières jaunes, les unes contre les autres, mi-closes. Sous ses doigts fébriles, la vie s'éveille imperceptiblement.

Toute cette beauté, diaphane, douce, fragile, à sa portée. Une douleur profonde, inexplicable. Ses sens troublés par une si petite chose. Ses yeux en larmes. Il se sent si bien et si mal. Que lui arrive-t-il ? Vincent se dresse brusquement. Son pauvre amour-propre mis à nu se reprend, lui dicte de s'éloigner.

La peur, toujours, qui revient. Paradoxale. La peur du témoin, de l'autre et, du même coup, la peur de n'être que soi, seul... La main de Véronique qui se pose au creux de sa paume lui manque.

Cette main, délicate, qui ne lui demande rien d'autre que d'être là. Cette main, blanche, qui l'entraîne, le tire de sa table de travail en pleine nuit. Cette main, tendre, sous les draps, pour parcourir son corps épuisé et tremblant à la sortie de cauchemars. Cette main, si légère...

Cette main qui le suit le jour, qui tente de le rattraper à l'autre bout de la table de travail. Cette main devenue rugueuse à force de tourner des pages. Cette main qui s'arrête toujours sur un nouveau problème à solutionner, qui tremble à son tour. Cette main de mathématicienne, épuisée et lourde avant l'âge, qui s'accroche à son diplôme, qui travaille pour le suivant. Cette main qu'il a repoussée avec tout le reste...

Décimer ses habitudes. Leur faire faux bond. S'éloigner de toutes, y échapper à tout jamais. Recommencer. Et dans l'inconnu chercher, malgré soi, l'image familière de cette femme rassurante. Avoir peur qu'elle disparaisse à l'horizon. Derrière. Comme ça. Sans lui. Le soleil couchant devenu splendide dans son dos... L'amour perdu à jamais.

Vincent aurait dû lier son destin à celui de Véronique. Ils n'avaient qu'à faire un enfant ensemble. Regarder le petit ventre, entre eux, grossir. Se soucier de la vie d'un petit être pour se désintéresser de la leur. Vincent marche plus vite, se met à courir. Son corps, obliquant de gauche à droite, semble contourner des obstacles invisibles.

À quelques mètres au-dessus de la tête de Vincent, postée dans l'embrasure d'une fenêtre, une femme l'observe jusqu'à le voir disparaître. Pleine d'attendrissement, les genoux ramenés contre sa poitrine nue, elle fixe maintenant le vide. Cet inconnu sous le ciel bleu absorbé à contempler les tulipes qu'elle a elle-même mises en terre pour célébrer l'arrivée du printemps... Quel air triste il avait !

Pourquoi avoir accepté la scène telle qu'elle s'offrait à son regard ? Par pudeur ? Oui, par pudeur, comme une bonne spectatrice, elle est restée muette devant un visage qui s'assombrissait jusqu'à le voir s'éteindre ! La peur du ridicule l'a tenue silencieuse et sage jusqu'à ce que le rideau tombe.

Elle aurait pu ouvrir la fenêtre, dire des mots qui font sourire et offrir une partie de son jardin improvisé. Mais il est trop tard maintenant... Non ! En sortant, elle va se reprendre. Elle fera un bouquet qu'elle apportera *Au Café Noir* pour le bon plaisir de ses clients. Après tout, cela fait trois ans, aujourd'hui, qu'elle en est la propriétaire. C'est jour de fête !

Sarah se lève, quitte son salon, retourne à la cuisine et lance dans l'évier la pinte de jus d'orange qu'elle vient de vider à coup de grandes rasades. Dans la lumière, au rythme de *Dead Can Dance*, son corps indompté paraît et ondule avec souplesse. Éblouissante, ravie par le reflet que lui renvoie la glace du buffet, Sarah s'abandonne.

Tandis que ses hanches menues s'emportent de plus belle, sous ses paupières qui tombent, ses yeux inventent un homme. Qu'il soit languissant! À elle, et partout sur sa peau: la tiédeur de l'haleine, la bouche chaude et, enfin, la langue brûlante. Dans ce vieil appartement qu'elle a toujours refusé de quitter, Sarah s'enivre. Ses mains s'arrêtent entre ses cuisses, éveillent de voluptueuses mais discrètes lamentations.

Ah! Qu'il est bon de pouvoir compter sur son corps, de le sentir en ami fidèle et dévoué s'exalter au moindre soubresaut de l'imagination! C'est toujours à travers lui que Sarah a éprouvé la grâce de la vie. Et voilà qu'après l'avoir célébré pendant plus de trente ans, il menace d'abandonner son âme dans l'Univers trop vaste!

Sarah éloigne les mots amers qui montent à ses lèvres. Bercées par la musique, ses mains avides se pâment. C'est un long soupir que sa bouche frémissante laisse finalement échapper. En ouvrant les yeux, Sarah découvre dans le miroir son propre visage épanoui de plaisir qui la regarde.

Sarah est matinale. Lorsqu'elle sort du lit après sept heures, elle regrette le lever du soleil toute la journée. La pâle clarté de l'aurore dansant sur les murs colorés de sa cuisine la fait rêver mieux que la nuit. Mais ce matin, il faudrait à Sarah tellement plus de lumière pour que sa vie ne prenne ombrage de la semaine funèbre qui vient de s'écouler. Une lumière impudente, capable de se moquer des forces obscures de la maladie…

Sarah aurait préféré ne jamais savoir. Ne jamais être allée chez ce médecin au dos voûté à force de s'être penché sur le mauvais sort de ses patients. Ne jamais avoir regardé ce visage figé dans une expression de compassion trop souvent répétée. Ne jamais avoir entendu parler de ces traitements chocs à entreprendre, proposés sur un ton exagérément calme.

Car comment espérer dormir tranquillement sous une misérable armure de coton tandis qu'en sa poitrine haletante le mal veille? Comment croire qu'elle ne s'éteindra pas tel un songe, avant que le soleil ne se lève? Pour avoir trop aimé le jour, réveillée en pleine nuit puis frappée de plein fouet par la mort! Victime d'une perfidie de celui qui semblait si bénin au premier abord! Victime du cancer!

Dans le matin étincelant, une musique familière s'élève. La cafetière siffle. Sarah entend l'appel. La vie autour d'elle crie. Après s'être préparé son traditionnel cappuccino généreusement saupoudré de son chocolat noir préféré, Sarah va s'asseoir. Le contact du vinyle froid sur sa peau nue la fait frissonner.

Son dos, plein de lumière comme un cierge brûlant vers les cieux, se penche. Ses deux mains fines s'appuient sur la table d'acajou. Difficile de croire qu'en son sein le destin s'est mobilisé contre elle.

«Vous ne pouvez attendre davantage, Sarah… Les résultats des premiers examens montrent également des métastases ganglionnaires et… j'ai bien peur que votre poumon gauche ne soit déjà atteint lui aussi… Vous ne serez pas seule, je serai là… et la chimiothérapie…»

À ce dernier mot, Sarah se lève, recule de quelques pas. De tout petits pas hésitants. Une funambule sur sa première corde raide. De terribles vertiges l'assaillent. Le monde tourne tout à coup si vite. Sarah s'arrête, s'appuie sur la patère près de la porte de sortie. Des sanglots lui nouent la gorge.

Quelques mots bafouillés viennent rompre le silence: «Je… je n'entends pas la vie de cette façon… Il faut que je… que je réfléchisse… et mes employés doivent m'attendre.» Mais avant de quitter l'oncologue qui regrette de pas avoir choisi l'obstétrique, Sarah y va d'une subite volte-face: «Et puis non! Ma décision est prise. Je vais… je vais… je ne vais rien faire du tout, rien de tout ce que la médecine attend de moi. Je continuerai à vivre comme si je n'avais jamais su… Je continuerai à vivre tout simplement.»

Sarah aimerait ne jamais avoir franchi le seuil de cette porte. Certes, elle se serait éteinte jeune; mais la mort lui aurait semblé naturelle, voire belle, comme avant que la science en fasse une monstrueuse bête aux noms aussi multiples que dérisoires contre laquelle on se doit de lutter. Sarah ne serait pas morte du cancer du sein, elle serait morte un point c'est tout. Elle serait morte doucement comme le plus merveilleux des jours d'été prend fin.

C'est un refus global et manifeste que le docteur Borduas entendra par son silence. Sarah aime trop la liberté pour servir la pathologie. Elle n'irait pas jusqu'à voir une partie d'elle-même se faire charcuter comme de la viande pour sauver le reste, pas plus qu'elle ne pourrait espérer ensuite, alitée pendant des jours, le crâne chauve, entre deux vomissements, redevenir la même un jour. L'existence arrachée de force est sans valeur. Elle partira entière, une seule fois, d'un coup.

Pourtant, difficile d'ignorer son corps admirable en apparence, effroyable en vérité. Pourquoi vouloir vivre en lui jusqu'à la fin pointue, dure et tranchante qu'est devenue la mort depuis qu'on l'a baptisée ? Dorénavant, il y aura toujours au-dessus de sa tête, à chaque pas, à chaque respiration, la lame dressée de la guillotine.

Pourquoi ne pas déchirer sa vie tout de suite comme un magnifique poème inachevé et voir ainsi ses rêves, aussi vains que des mots isolés, s'éparpiller aux quatre vents ? Pourquoi ne pas devancer sa destinée en saccageant soi-même ses derniers retranchements ? Parce que même les condamnés à mort s'accrochent à leurs derniers jours !

Sur les joues de Sarah, des larmes coulent. Mille souvenirs que ses paupières closes ne peuvent retenir. Tellement d'images magnifiques diluées, noyées. Transparentes et bombées, deux gouttes salées glissent vers sa bouche contractée. De plus en plus petites... Dans la tasse où la mousse fondue s'est mêlée au café, dans la mer amère, elles tombent et vont se perdre.

Le rêve de Sarah? Est-il encore envisageable? Pourra-t-elle écrire l'histoire des autres alors que la sienne crie si fort en elle? Sarah a tant voulu immortaliser dans un livre les confidences de ceux qui franchissent la porte de son *Café Noir*... Son vœu le plus cher, formé il y a longtemps, ne se concrétisera pas... Nos plus grands désirs, comme tout le reste, sont-ils illusoires?

Depuis une semaine, impuissante, Sarah regarde la maladie gruger ses certitudes une à une. Son âme va-t-elle mourir avant son corps? Le doute n'attend pas qu'on le nourrisse pour s'enraciner. Même de ses paroles qu'elle a répétées avec tant de conviction, elle n'est plus certaine...

« Dans mon bistrot, les gens s'épanchent comme dans un journal intime. Ils crient, à voix basse, leur vérité. Ils livrent, au compte-gouttes, leur vie. Et moi, dans cette histoire unique, je vais et m'improvise narrateur. Je sers du café à mes personnages... des personnages qui, lorsqu'ils parlent, me dictent ce que je n'aurais même pas pu espérer créer seule...

«Je compile ainsi les plus belles phrases, les plus heureuses, les plus désespérées, les plus secrètes… Et un jour, je raconterai le journal intime de toute cette collectivité. Si je ne m'en charge pas, personne ne le fera et tous ces mots se perdront sans qu'on ne les ait jamais répétés.»

Sarah attend une image, une autre que la sienne. Celle d'un client! Même seule, s'entourer. Voir, entendre, sentir, toucher et goûter à quelqu'un qui passe pour oublier qu'on ne bouge plus. Lorsque notre propre parfum nous poursuit, nous étourdit, nous étrangle… se sauver de lui au nom d'autrui.

Sarah se lève prestement. Un rire cynique sort de sa bouche entrouverte. L'insolente qu'elle est revient à elle. La mort n'aura pas raison de son bonheur! Rien n'a vraiment changé, au fond. N'a-t-elle pas toujours vécu comme si la vie ne durait que vingt-quatre heures?

Elle pense à son amant Charles Perot, à sa bouche suave qui sait l'émouvoir, à ses mains chaudes qui l'empoignent avec juste assez de fureur, à son sexe exquis qui se fond en elle… au vice que la beauté des corps transforme en vertu, aux contes de fées qu'il n'a pas à lui raconter pour qu'elle se donne, entière…

Charles va sûrement venir la rejoindre en fin de journée. En deux mois, il n'a pas manqué une seule journée. Elle n'a jamais vu quelqu'un s'entêter autant à ne pas vouloir s'engager et être aussi fidèle à la fois. Elle va finir par en être amoureuse…

Sarah maquille à peine ses yeux verts et s'habille en vitesse. Ses cheveux courts en broussaille d'un rouge criant lui donnent un air gamin dont elle connaît bien les effets. En sortant, elle arrache à deux mains toutes ses fleurs. Elle les offrira à Charles.

Pourquoi ne pas jouer à la princesse charmante en ce jour de fête?

Chapitre VI

# LES RUES DE MONTRÉAL

« Un seul être vous manque,
et tout est dépeuplé. »

ALPHONSE DE LAMARTINE

GRISÉ PAR LE DISCOURS INTÉRIEUR qu'il laisse monter, Vincent avance d'un pas de plus en plus ferme. Décision subite et pourtant irrévocable. Il respire déjà le parfum des longs cheveux bruns qui se sont répandus si souvent sur son corps nu. Véronique lui manque trop, il va la rejoindre. Folle idée que celle de vivre sans amour! Il ne fallait pas tout jeter, pas Véronique, pas aussi sauvagement.

Elle entrebâillera la porte, se débarrassera de ce qu'elle tenait dans les mains : un des recueils de poésie qu'il lui a offerts, celui de Prévert. Le livre restera ouvert sur le canapé «Comme par miracle». Et lorsqu'elle se décidera à paraître sur le seuil, toute la fraîcheur du poème «Comme par miracle» s'élèvera entre eux pour célébrer leurs retrouvailles. Un bonheur à l'état brut, quasi surréaliste.

Il caressera son joli visage surpris par sa venue. Elle sourira en regardant vers la droite, comme elle fait toujours lorsqu'elle se sent gênée et heureuse à la fois. Il ne dira rien. Elle ne brisera pas le silence. Pendant quelques secondes, ils resteront à proximité; lui, avec son geste suspendu et prêt à entrer au moindre signe, elle, avec ses dernières hésitations qui s'envoleront une à une.

C'est à travers leur regard qu'ils se trouve-
ront, se retrouveront. Encore plus amoureux
après cette longue séparation, anxieux de vivre la
suite, ils s'avoueront finalement sans retenue le
besoin qu'ils ont l'un de l'autre. Les voisins qui
s'engueuleront dans leur monologue respectif,
les voitures qui passeront en trombe, la télé-
vision restée allumée, le fouillis perpétuel de
Véronique : rien n'altérera l'intensité de leurs
débuts retrouvés.

Le jour fermera sur eux ses ailes de lumière.
Tout deviendra clair. Un rêve les yeux grands
ouverts ! Le passé, le présent et l'avenir confondus.
Comme au premier rendez-vous, Véronique,
vibrante, reculera avec souplesse. Il suivra la belle
étourdie qui laissera tomber ses vêtements autour
d'elle comme des gerbes de fleurs.

Il ne touchera pas tout de suite la peau dorée.
Non ! il se penchera et cueillera la robe vaporeuse
qu'il portera à son visage. Puis, il tournera autour
de Véronique tout en humant le tissu imprégné
de patchouli. Il tournera, tournera longtemps. Il
se saoulera de Véronique, de son visage, de son
corps jusqu'à tomber à ses genoux. La robe
retournera au sol.

Fébriles, les mains de Vincent grimperont.
Elles effleureront Véronique, avide, qui se laissera
adorer tout en se déhanchant. Ainsi montera en
eux un désir dévorant. Et la bouche de Vincent
viendra se joindre à cette danse jusqu'à rendre la
fureur d'aimer insoutenable. Chacun n'aura plus

qu'une pensée, la même pensée : se fondre dans la chair de l'autre.

Aveuglé par le soleil, le souffle court, Vincent s'arrête. Comme guidé par son intuition, il recule, retourne à l'ombre. En face, de l'autre côté de la rue, accompagnée d'un homme, Véronique sort de l'immeuble où elle habite.

Belle ! Si belle ! Plus belle que jamais ! Plus belle qu'avec lui ! Et seulement après un mois. Était-il remplaçable aussi facilement ? Insupportable révélation ! Vincent tente de la nier. Impossibilité matérielle, physique, morale.

Tout son amour inutile. Pire : tout son amour nuisible ! Une blessure d'enfance ravivée en plein jour. Que Vincent reste seul sur son trottoir ! Sa place est déjà prise. Qu'il regarde, les jambes rompues, un autre homme lui voler son bonheur ! Exclu par sa faute. L'image du corps de Véronique contre un inconnu lui fait mal, lui fait envie.

Véronique ne peut exister en dehors de Vincent. En lui, la jalousie monte, l'empoisonne depuis le cœur jusqu'à la tête. Cette fois, Vincent réclame l'objet de son désir, l'exige. Ô adorée maudite, je te suivrai, te ramènerai, te garderai ! Pour toi, amour ombrageux, je jurerai et cracherai sur mon orgueil. Je me permettrai ce que jamais je ne me suis accordé.

Vincent hésite tout de même. Véronique n'a pas remarqué sa présence. Il fouille ses poches vides, son regard s'attarde sur les mégots qui jonchent le sol. Jetés par des mains lourdes, par des bouches repues, puis écrasés par des pas pressés, ils se sont métamorphosés en une mosaïque rebutante. Belle œuvre d'art crasseuse créée et décriée par l'homme moderne ! Qu'espère Vincent en restant planté là ?

Faut-il retourner à l'hôtel ? En toute civilité, laisser ce couple s'éloigner et s'évanouir dans la masse ? Ou, pour une fois, Vincent peut-il obéir à ses bas instincts et aller jusqu'à s'avilir si c'est ce que ces derniers lui dictent ? Sans plus attendre, débarrassé de l'avenir et de la peur qu'il entraîne, il se lance.

Le présent seul importe. Un vent libérateur propulse Vincent en dehors de la continuité du temps et des conséquences futures. Son étrange poursuite commence. Il ne sait pas encore ce qu'il espère trouver... Peut-être lui-même, un autre lui-même ?

L'été échauffe ses sens. Le soleil monte. L'ombre se fait rare. Samedi midi, Montréal, angle Sherbrooke et Saint-Denis. Des gens émergeant de partout s'entassent et marchent au ralenti. Vincent fend la foule. Il ne voit que ce tiers de dos qui tient la main de Véronique. Tignasse foncée, grand, mince, t-shirt délavé, jeans usés, démarche leste. Mais nulle raison d'envier cet homme : il lui ressemble trop.

Peut-être que, dans sa peine immense, Véronique n'a choisi que la pâle imitation de Vincent Dufort ? Née de la désolation et du désœuvrement, cette alliance ne serait donc qu'une preuve d'amour. Qu'il se trouve à des kilomètres ou quelques pas derrière, Vincent planerait toujours au-dessus de cette relation comme un idéal impossible à atteindre. Au centre et à l'origine de cet amour. À la fois point de repère et de chute du nouveau couple.

Le visage de Vincent s'illumine. Divin soulagement : la peine qu'on provoque chez l'être délaissé et qui perdure. Vincent, désormais indispensable au bonheur de Véronique! Contrôle absolu retrouvé : maîtriser ses sentiments et régir ceux de l'autre. L'enfant mal aimé, qui a grandi, se console, s'exalte. Il se sent toucher l'épaule de Véronique à travers la main de ce quidam.

Des éclats de rire montent, se détachent du brouhaha de la foule. Ce sont ceux de Véronique. Stupéfait, Vincent recule. Les rires sont trop francs pour être le fruit d'un amour vécu par procuration. Vincent se sent faiblir. Son cœur se contracte, se terre au fond de sa poitrine. Ses yeux brûlent. Le bonheur de Véronique, comme un couteau sorti de l'ombre, s'est arrêté sous sa gorge nue et le menace.

Pourquoi vouloir l'amour encore et toujours? Il y a déjà laissé son enfance, n'était-ce pas suffisant pour comprendre? Vincent cherche son air. Il devrait s'arrêter là. Fuir! Se réfugier à jamais dans sa tête. Son cœur se contentera d'amener le sang jusqu'au cerveau. Il n'est peut-être pas trop tard pour aller enseigner à Paris?

Il est historien, rien de plus, rien de moins. Qu'une ligne droite à suivre! Il n'existe pas de vies parallèles. Erreur! Né pour le récit d'autrui. Parler d'un passé antérieur, un temps où il n'existait pas. Beaucoup de têtes sur le billot; mais, fort heureusement, pas la sienne. Vincent Dufort ne fait pas partie de l'histoire. Il n'appa-raît pas sur la liste de ceux qu'on a condamnés à mort pour avoir joué aux personnages trop importants.

Que faire d'une belle vie, une belle vie si inutile? Une lame acérée sur son cou, Vincent n'arrive pas à exécuter le moindre geste. Finir ses jours là ou vivre ceux des autres? Il demeure pantois, les prunelles grises accrochées au couple qui traverse la rue au pas de course en se faufilant entre les voitures. Les longs cheveux de Véronique sautillent, volent. Deux ailes. L'essentielle légèreté de l'être, de Véronique.

Deux amoureux? Deux amoureux! Vincent voudrait crier de tout arrêter, se réclamer de son amour: cette scène n'était pas prévue. Mais il retient sa peine, traverse la rue à son tour et reste en retrait. Le couple se dirige, en toute connivence, droit vers un petit café. Ce n'est visiblement pas la première fois. Avant de tirer la porte, Véronique fait un demi-tour non sans grâce, ferme les yeux et offre sa bouche souriante à l'intrus qui se sert sans retenue.

Puis, la belle s'arrête. Un autre bonheur à partager: même les paupières closes, elle a senti les rayons s'atténuer. Elle n'a pas été effrayée par ce double plongeon dans le noir. Bien au contraire! Comme on s'attarde sur une œuvre d'art, Véronique montre maintenant à l'homme fasciné les contours du nuage qui fait ombrage au soleil.

Elle dessine dans l'air, avec des mouvements voluptueux, ce bout de ciel tout blanc. Elle forme leurs premiers souvenirs, lentement, afin qu'ils restent bien gravés dans leur mémoire. Les mains de Véronique parlent, inventent une raison pour arrêter le temps. Le profil des deux amoureux s'unit, se soude. Ne reste que cet homme. Véronique, derrière, semble être entrée en lui.

Finalement, Vincent ne se reconnaît pas dans ce profil. Les traits du remplaçant sont trop fins, presque féminins. Véronique aime donc les visages délicats? Transportés par le vent, les cheveux de Vincent viennent se coller à ses joues et dans ses yeux. Le temps de les écarter, Véronique et l'inconnu se sont enfouis dans leur petit bistro.

Vincent ne peut entrer. Qu'est-ce qu'il dirait : « Je vous ai suivis comme un imbécile qui se tue à savoir si sa petite amie le trompe; comme un imbécile qui est encore plus imbécile qu'il ne le paraît parce que c'est lui qui a quitté sa petite amie, parce que c'est lui le menteur. La vérité effraie l'imbécile. L'imbécile est ainsi fait. Il cherche l'amour toute sa vie et quand il le trouve, il essaie tant et si bien de s'en passer qu'il finit par le perdre » ?

Vincent s'appuie sur la cabine téléphonique à ses côtés. Le métal glacial le surprend, le repousse.

Son corps se fige, se dresse droit comme un arbre qu'on cherche à déraciner. Ne s'agitent que ses yeux qui fouillent le troupeau de silhouettes derrière la vitrine. Impossible de voir Véronique. Son regard devient fixe. Une interminable attente s'amorce.

La devanture du bistro danse, se détache du décor. Une agglomération de briques, une grande vitrine, quelques lettres dorées : « Au Café Noir » et une porte en laiton. Par cette dernière voir Véronique sortir. Vincent courra, se mettra à genoux et enfouira sa tête dans les jambes fines. Un tel geste suffira pour que Véronique comprenne le poids du dernier mois passé sans elle. Inutile de lui expliquer l'ambition à laquelle il tente d'échapper.

L'ambition ! Ce soleil cuisant qui envoûte les âmes en mal de vivre. Cette beauté perfide qui s'endort tranquillement à l'horizon loin de ceux qui accourent vers elle, épuisés. Ce point de fuite insaisissable vers lequel convergent des milliers de regards aveuglés...

Sarah soupire d'aise de voir tout ce monde qui ne cesse d'entrer depuis le matin. Sa poitrine se vide d'un trait. Puis ses seins se soulèvent comme pour narguer des fantômes invisibles. Sarah se sent légère. En fait, c'est que, entre les clients, le soleil qui se rend jusqu'à elle lui fait oublier le mal qui la ronge.

De l'arrière du comptoir où des tulipes annoncent timidement un troisième anniversaire,

Sarah grave des mots dans sa mémoire. Mine de rien, elle écoute deux clients. Sans aucun doute deux amis. Penchés sur leur cappuccino, ils se confient comme des gamins. Le premier semble follement amoureux de sa rêveuse tandis que le second donne l'impression d'être incapable d'aimer, même en rêve. La vie est curieuse… Les êtres sont à la fois si semblables et si différents.

Enfants, Hugo et Victor avaient joué des dizaines de fois à *Qui pisse le plus loin?* avec la gang de gars de la rue Notre-Dame et parce qu'ils avaient toujours terminé derniers au classement, ils avaient fini par s'allier. C'était leur *première grande défaite commune* qui les avait unis…

Hugo s'épanche: «Chaque matin, c'est la même chose. On passe à peine cinq minutes ensemble… Attablé, j'attends que la porte s'ouvre et que s'approche Emanuelle. Tu devrais la voir avec ses cheveux tout emmêlés… C'est fou ce qu'elle est belle! On dirait un ange.

«Comme un perdu, je ne peux m'empêcher de m'accrocher à sa bouche. À ses lèvres charnues qui n'en ont que pour le bol de café au lait. Celui-là même que je prépare spécialement pour elle depuis des années, avec une tonne de sucre. C'est infect, mais Emanuelle adore ça!

«Je sais, je ne devrais plus lui porter ce genre d'attention; pourtant, ce geste est devenu trop précieux pour m'en défaire. C'est comme si c'était la dernière partie de moi qu'Emanuelle appréciait encore.

« Toujours muet, j'espère. J'espère un sourire. Juste un sourire. Celui que je lui ai vu exécuter des centaines de fois alors qu'elle serrait la main à de parfaits inconnus. Mais la femme que j'aime n'a rien à m'adresser. Qu'un regard vide pire qu'une injure.

« Sent-elle au moins ma présence ? Du salon, la pendule, de ses huit coups, me met en garde : "Pars ! Il n'y a plus rien à espérer ici !" Malgré cela, je ne me lève pas, pas tout de suite, de peur de manquer quelque chose. Tandis qu'Emanuelle devant moi rêve à je ne sais quoi, je retiens le moindre de mes gestes. Comme si, à force de ralentir, je pouvais retourner dans le passé... »

Un signe de la main empêche Sarah de prêter l'oreille au reste de la conversation... En s'approchant du couple qui réclame sa présence, Sarah se promet de retenir chaque mot qu'elle vient d'entendre.

Ces visages ne lui sont pas inconnus...

— Bonjour ! Ce n'est pas la première fois que je vous vois ici. Seriez-vous en train de devenir des habitués ?

Raphaël répond en regardant Sarah droit dans les yeux. Même le sourire de la serveuse, long comme l'hiver, s'inscrit dans le bonheur qu'il éprouve à se retrouver aux côtés de Véronique.

— Oui !... Ou disons plutôt qu'on est en train de devenir amoureux, des amoureux qui prennent plaisir à répéter leurs premiers moments. La routine qu'on crée, qu'on choisit, donne de la grandeur aux petits gestes. Ah, les habitudes, c'est à tort qu'on les répudie! Car, en fait, elles s'inscrivent dans le processus même de l'amour.

La mémoire de Sarah emmagasine encore… Décidément, le printemps ravive les esprits.

— Alors, on y va pour une nouvelle habitude qui est loin d'être répugnante? Le café du jour est tout simplement exquis. Le Sumatra Mandheling. Réputé pour être l'un des cafés les plus corsés au monde, son goût est riche et suave. C'est à vous couper le souffle! Et je ne vous parle même pas de l'arôme… Je vous le suggère en double espresso avec un peu d'essence d'amande, de la crème fouettée et quelques amandes grillées pour couronner le tout.

Véronique considère Raphaël à la dérobée et repasse l'année qui vient de s'écouler. Elle pense aux étudiants qu'ils ont d'abord été ensemble, aux amis qu'ils sont ensuite devenus en s'encourageant mutuellement à poursuivre leur maîtrise en mathématiques et, finalement, à cet amour né — ou tout simplement révélé — quelques jours après le départ de Vincent.

Tout ce qu'est Raphaël lui inspire l'amour. Il est tellement plus présent, plus simple, plus près de la vérité que Vincent. Cette façon si affable qu'il a d'entrer en contact avec les autres. Sa bouche qui n'arrête pas de sourire quand il parle. La beauté qui se dégage du moindre de ses gestes…

Jamais quelqu'un n'a touché Véronique ainsi. Raphaël n'a pas rôdé autour d'elle jusqu'à l'étourdir. Non! Il n'a pas eu besoin de recourir à la séduction. Lentement, de face, il s'est approché. Il est arrivé jusqu'à elle comme s'il parcourait une portée avec des notes et des silences. Un prélude de Chopin, le numéro 6 en si mineur.

« Regarde comme je viens vers toi, semblait-il dire. Regarde comme je me montre à toi et te choisis à chaque pas. Aucune bourrasque ne me transporte. Rien d'impétueux ne s'élèvera d'un coup pour venir s'évanouir à tes pieds. C'est par une brise légère que tu auras vent de moi. Le vrai désir ne bouscule rien, ne renverse rien sur son passage. Le vrai désir prend son temps, tout le temps qui lui reste. »

Vincent n'en peut plus. Attendre encore? Près de deux heures qu'il est là, comme un enfant qui fait la queue pour s'asseoir dix secondes sur les genoux du père Noël, dissimulé dans la foule. Pour quoi faire? Pour rencontrer un homme, le même que tous les autres sous sa barbe blanche. Qu'est-ce que Véronique a de si merveilleux, au fond?

Du haut d'un vieil escalier aux trois marches trop raides, Raphaël sort et s'arrête. Son regard et celui de Vincent se croisent. Quelques secondes… Deux hommes. Deux vies. Deux personnages qui font partie de la même histoire, mais un seul premier rôle.

L'homme qui vient de recevoir l'empire d'une femme irradie. Pourquoi masquerait-il un triomphe aussi beau? Un triomphe sans bataille!

Raphaël exhibe en plein soleil son air de béatitude
et entrouvre ses lèvres comme pour insuffler aux
oubliés l'excès de bonheur ressenti. Nulle mau-
vaise intention derrière… que Véronique à quelques pas qui approche, mais qu'on ne peut voir de
l'extérieur.

Un tel tableau de l'amour n'inspire que haine
à Vincent! Une rage monte: sa petitesse méprisante. Il se voit, pantelant, face à son reflet
renversé. C'est donc pour ça qu'il a attendu?
Pour voir tout ce bonheur s'offrir en spectacle?
Pour se laisser meurtrir par ce dernier jusqu'à
larmoyer?

N'être qu'un fruit trop mûr qui se fait pétrir.
Sentir sa propre chair molle, sans consistance,
comme une pourriture prête à céder sous des
doigts sûrs. Un grand bruit se fait entendre.
Vincent tourne la tête vers la rue, découvre une
scène bien obscure en ce bel après-midi d'été. Un
présage de quelque malheur…

Par terre gît un cycliste qu'un automobiliste
vient de heurter. Tant de spasmes épouvantables
dans un aussi petit corps. De la tête blonde, du
sang coule. Tandis qu'on presse l'enfant de questions — son nom, son âge, son adresse, s'il
entend, s'il peut faire un geste… —, ses yeux se
révulsent. Personne ne se rend donc compte qu'il
n'arrive même plus à respirer?

Vincent reconnaît le petit garçon passé en face
de chez lui alors qu'il hésitait à accepter ce poste
de professeur à Paris. Des larmes s'échappent,

coulent en abondance. Où puisent ses yeux?
À même sa peine? En ce petit cadavre? L'enfant
a-t-il réussi à dépasser son père avant de mourir?
　　Sans doute pas!

Chapitre VII

# LE POINT DE RENCONTRE

« Tel qu'en lui-même enfin l'éternité change. »

STÉPHANE MALLARMÉ

Après avoir erré pendant des heures sous le soleil cuisant, comme un chien en mal d'un maître, Vincent est revenu *Au Café Noir*. Sa main droite pousse la porte, son corps cherche une place : celle qu'occupait Véronique. Ses yeux poursuivent une ombre, tentent de reconnaître un signe. Malheureusement, impossible pour l'intuition de pourfendre l'écorce d'un esprit aussi rationnel que celui de Vincent. Privilège refusé…

— Pardonnez-moi ! En début d'après-midi, une fille aux longs cheveux bruns et un homme à peu près de ma taille sont passés… Ils sont partis au moment de l'accident… Ce jeune cycliste qui…

— Oui ! Je vois de qui vous voulez parler…

— J'aimerais m'asseoir à la table qu'ils occupaient !

— Vous voulez dire celle du fond à droite ? Elle est très près des cuisines. Ce n'est pas ma meilleure place ! Celles à l'avant sont plus agréables. Vous y seriez beaucoup plus à l'aise.

— Non, je préfère celle à l'arrière. Merci !

Sarah observe le pas de Vincent qui tangue entre les tables. Un marin à sa première traversée cherche sa rose des vents mal apprivoisée. Le pauvre est effrayé par la mer. Il la voit si sombre,

si profonde. Ses yeux s'arrêtent sur des algues
mortes invisibles qui montent à la surface. Les
flots salés ondoient jusqu'à épuiser le cœur malade
de l'homme, son cœur perdu entre deux rives.
C'est que la terre ferme à l'horizon est la même
que celle quittée. Son corps châtié par de violentes
bourrasques se rendra-t-il à bon port ?

Cette démarche mal assurée n'est pas sans
évoquer une image récente chez Sarah… Or c'est
davantage l'entêtement opiniâtre de Vincent qui
retient son attention. Quel lien peut-il exister
entre cet homme et le jeune couple de l'après-
midi ? Pourquoi le nouvel arrivé s'assoit-il aussi
lentement sur la chaise qu'il vient de tirer ?

Au signe de la main nerveux de Vincent,
Sarah répond avec quasiment trop d'empressement. La curiosité lui fait oublier Charles qui ne
s'est toujours pas manifesté.

— Vous avez changé d'idée ? demande Sarah
en posant sur Vincent un regard inqui-siteur.

— Non ! réplique Vincent qui éprouve tout à
coup une grande gêne de poser la question qui lui
brûle les lèvres. Je… je me demandais seulement
si la jeune femme occupait bien cette place-ci ou
plutôt celle d'en face.

La fixation amoureuse que Sarah croit tout à
coup déceler chez Vincent emplit cette dernière
d'une étrange compassion. C'est que l'obsession
possède l'homme et le métamorphose en une
curieuse bête de cirque à la fois répulsive et attrac-
tive. Éloigné de sa vraie nature, l'homme n'est

plus homme. Il sublime en partie, grâce à l'objet convoité qui le grise, l'ordinaire de sa condition de mortel.

Mais, parce que la passion ne se partage pas, elle finit toujours par repousser les autres. Au carrefour d'esprits multiples, un malaise indicible s'installe peu à peu. Personne ne peut rivaliser avec l'esprit obnubilé par une pensée unique. Dans une foule, une gomme à mâcher retient un soulier, un seul soulier.

Mais pour l'instant, c'est encore l'euphorie… Ses propres paroles, téméraires, prononcées avec tant de naturel et de sincérité, enflamment Vincent. Plus que lorsqu'il régurgite toutes ses connaissances apprises par cœur, il se sent inté-ressant, entendu. Cette voix qui s'est adressée à la serveuse est la sienne. Une voix faible, mais une voix du présent.

Il n'a pas choisi la tournure des événements. Si la jalousie est devenue sa condition, il est inutile de s'insurger contre elle. Il restera sous sa souve-raine autorité, fier et vulnérable devant les autres hommes. Vouloir goûter à nouveau au corps de Véronique quittant sa robe est-il un désir moins noble que de sacrifier une partie de sa vie à étudier pour obtenir la reconnaissance paternelle?

Reprendre les caresses prodiguées par un autre homme, les magnifier jusqu'à les rendre irrem-plaçables, n'est-ce pas là une manifestation du miracle de l'absolu? Dans un jeu charnel para-chevé, rendre tout l'éclat à cette nudité choisie, deux fois plutôt qu'une, entre toutes les femmes. La perfection ! Les essoufflements de Véronique s'élèveront comme les modulations du chant des sirènes. Et le marin qui craignait l'eau ne quittera plus jamais la mer. Un engagement total. Un bonheur né d'un corps divinisé.

La pensée de la vie de Véronique qui continue sans lui terrasse Vincent. Il va attendre les yeux fermés jusqu'à ce que sa tête tombe sur la table. Il n'ouvrira les paupières qu'au cliquetis des talons de Véronique, qu'à sa voix qui s'étonnera de le trouver là. Puis, sous les regards indiscrets, il se lèvera et embrassera fiévreusement Véronique. Non ! Pas avant ! Il ne quittera pas sa chaise avant !

Vincent n'a pas envie de café. Du vin, beaucoup de vin. Il se commande un plat pour la forme et un bordeaux rouge, une bouteille d'un excellent graves. Il veut boire. Boire à en perdre la tête ! De plus en plus, sa gorge brûle, ses sens s'échauffent. Autour de sa chair, tout danse. Une brume épaisse, où il fait bon se réfugier, flotte.

L'exagération secoue le joug de l'être raisonnable. Vincent est libre. Il ouvre la bouche, se laisse aller à une étrange rébellion. Sa souffrance piégée explose à travers des injures. Les coudes sur la table, la tête dans les mains, il chante à tue-tête de scabreuses paroles comme il n'a jamais osé en dire.

Tirés de leur stupeur d'hommes civilisés, les derniers clients qui s'apprêtaient à quitter précipitent leur départ. Ils referment la porte derrière eux, soulagés d'échapper à la détresse humaine vue d'un peu trop près… Ne reste que Sarah. La scène ne la choque pas, loin de là. Elle la fascine.

Vincent se redresse pour s'animer de plus belle. Il accélère fiévreusement le rythme, marque de rares pauses. Et ses doigts parcourent un clavier invisible pour s'accompagner. Ils appuient fortement, s'élèvent démesurément et retombent lourdement. Le bruit des mains heurtant le bois est aussi audible que les paroles improvisées.

Au cœur de ce délire orgasmique, Chopin retentit. L'illustre Chopin de son enfance s'écrasant entre ses phalanges déchaînées et la table n'est qu'un grotesque personnage. Un grand vacarme libérateur! La glace d'un fleuve immense, parcourue jadis, se rompt. Et l'eau glacée jaillit. Vincent ne réalise même pas qu'il pleure depuis un bon moment.

Son regard devient lointain. Ses gestes, tout à coup d'une souplesse étrange, s'exécutent de plus en plus lentement jusqu'à s'arrêter. Son cœur s'épanche. Une peine en réveille toujours une autre plus ancienne, plus grande, plus mystérieuse. Épuisé, les épaules sautillantes, Vincent tombe sur la table. Et ce sont les larmes de toute une vie qui coulent sur ses bras nus.

Le reflux du paradoxe amoureux emporte Vincent vers le large. La tête sous l'eau, il espère et désespère le retour de Véronique. À travers une masse informe d'humains grouillants, il va se battre plus fort que les autres. «Véronique, regarde le destin tragique où je trempe pour toi!

N'éprouves-tu pas toute l'intensité de mon sentiment? Ne regrettes-tu pas d'avoir reporté ton
amour sur un autre que moi?»

Du baume sur le cœur égratigné de Vincent.
L'amour existe peut-être. En Véronique, il palpite
probablement? Palpite-t-il pour lui?... Ne plus
agir en déshérité! Nager, même si cela s'avère être
vain. De tous ces efforts naîtra sûrement une
poésie... Curieux, ce réconfort moral qu'inspire
l'inconfort d'une situation! Pleurer! Les profon-
deurs marines: une grande zone grise où tout ce
qui est obscur se confond au reste du décor.

Par quelques mots bienveillants prononcés
tout bas, Sarah vient d'interrompre un plongeon
vers l'abîme. La résurrection de son propre corps
noyé cause un grand choc à Vincent. Le voilà qui
redresse les épaules et râle comme un moribond
tentant de rattraper son dernier souffle! Sarah,
surprise par ce contrecoup inopiné, sursaute et
recule brusquement.

Les deux bras de la serveuse, en s'immobili-
sant sur le comptoir, heurtent la potiche chinoise
qui arrête sa chute sur le sol. Dans un fracas
violent, la porcelaine vole en éclats et libère les
fleurs éparses sur la céramique. Est-ce la coquille
d'un biscuit de bonne fortune qui vient de céder?
Faut-il y voir un signe du destin? Existe-t-il un
quelconque message qui attend d'être déchiffré?

Un jardin se répand entre Sarah et Vincent.
Aussitôt, comme un ressuscité, Vincent se lève, se
penche et ramasse les tulipes une à une. N'existe

plus que cette action apaisante. La même qu'au matin. Mais cette fois, Vincent l'exécute sans retenue. Tout à coup, comme on reconnaît un visage familier, Vincent se rappelle les fleurs effleurées au soleil levant.

Sans briser son geste, comme un glaneur qui se fait un devoir de recueillir précautionneusement les bons fruits de la terre oubliés, Vincent lève les yeux. Il découvre alors le visage de Sarah. Les cheveux d'un rouge électrique auxquels il n'avait pas porté attention depuis son arrivée se révèlent à lui comme une excentricité délicieuse.

Devant le regard ahuri qui l'étudie, Sarah sourit. C'est lorsque Vincent s'est retrouvé penché, le dos voûté sous l'éclairage tamisé d'une lampe, qu'elle a su qui il était. Il était tel qu'elle l'avait aperçu de sa fenêtre, baigné d'une douce lumière, comme s'il n'y avait jamais eu d'accès de rage. À travers le silence qu'elle s'est alors imposé, elle a cherché à comprendre…

Pourquoi l'offrande réservée à Charles, Charles qui ne viendrait vraisemblablement pas, s'était-elle retrouvée à deux reprises dans les mains du même preneur? Pourquoi cet homme entrait-il dans sa vie? À moins que ce ne soit elle… Les signes qui se profilent devant nous s'amusent souvent à effacer les contours du tableau prévu.

Sarah accepte les fleurs que Vincent lui tend pour les lui remettre aussitôt.

— Elles sont à vous. Je vous ai aperçu de ma fenêtre ce matin… Je n'ai pas eu alors la chance de vous les offrir… À vrai dire, je n'ai pas osé… J'ai eu peur… peur d'avoir l'air ridicule… Faites-moi plaisir, prenez-les maintenant! Je tiens à ce que vous ne partiez pas d'ici les mains vides.

Bien qu'encore étourdi par l'alcool, Vincent apprécie l'étrangeté réjouissante de la situation. Un bouquet de tulipes dégoulinantes à la main, un sourire hébété accroché au visage, il cherche ses mots.

— Mais… ce matin… il me semble que… que j'étais seul, non?

Sarah relate la scène aperçue de sa fenêtre en guise de réponse. La quiétude que ses paroles semblent apporter à Vincent l'encourage. En amoureuse des mots qu'elle est, elle s'emporte en paraphrasant, en poétisant le moindre détail…

L'accalmie n'existe pourtant qu'en apparence. Conquis par la voix chaude et claire de Sarah, Vincent sent son corps réagir d'une curieuse façon. Une érection, échappant à tout entendement, refuse de s'évanouir.

C'est la vie qui excite Vincent. Sur les lèvres féminines, elle s'embrase. Des phrases, comme le grondement des flammes entre les arbres, s'élèvent des entrailles de Sarah. Terrible et beau, violent et doux, le feu brûle comme jamais en Sarah. Ce feu que Sarah a toujours alimenté avec ferveur! Ce feu peut-il mourir avant la forêt?

La musique s'arrête. Sarah se lève d'un bond, choisit de mettre Nina Simone (appuie sur *repeat*) et revient comme si elle n'était jamais partie.

Chapitre VIII

# LE GOÛT DU CAFÉ

«On ne découvre une saveur aux jours que
lorsqu'on se dérobe à l'obligation d'avoir un destin.»

ÉMILE-MICHEL CIORAN

Mɪɴᴜɪᴛ ᴛʀᴇɴᴛᴇ-ᴄɪɴǫ. La voix de Nina Simone, aussi riche et noire que le café, persiste. *Wild Is the Wind* joue pour la quatrième fois. Une journée, déjà longue, s'alanguit. Une rencontre fortuite s'éternise. Le vouvoiement s'est transformé en tutoiement. Sous une lumière jetant des rayons cuivrés, après des heures de conversation, Sarah et Vincent marquent une première pause.

Fatigués d'entendre le même disque, les mêmes dix-neuf chansons se succéder dans le même ordre? Oh que non! Les séries, en se superposant, s'entremêlent au rythme effréné de la discussion. C'est une sculpture sonore d'un esthétisme quasi hiératique qui en résulte. Une sorte de formule incantatoire, avec des variations subtiles, propre à s'incruster à jamais dans les mémoires...

Scène de nuit improvisée: deux personnages assis l'un en face de l'autre étirent le samedi afin de le prolonger dans les premières heures du dimanche. Le temps est relatif parce que rempli de digressions. Ce sont les souvenirs et le désir d'en créer de nouveaux, plus imposants, qui le perturbent.

Que de jours oubliés pour faire revivre une seule minute jusqu'à l'immortaliser! L'intensité étant le seul critère dans ce processus complexe de sélection qui prend en otage le cerveau, les autres lois métaphysiques ne peuvent rivaliser. Le temps passe et il dépasse la réalité.

Les tulipes, posées sur le comptoir, désespèrent de se retrouver dans l'eau. Elles ne pourront survivre à cette nuit. Or elles n'en sont que plus touchantes, que plus uniques. Davantage éphémères que toutes ces fleurs que s'est vu offrir Sarah au cours de sa vie et pourtant tellement plus éternelles que ces dernières...

Sarah et Vincent parlent à voix basse. Une confidence, en entraînant toujours une autre, ne peut se faire que sur le ton qui lui sied. À travers cette sensibilité exacerbée ne sont restées secrètes que la maladie de Sarah et l'existence de Charles.

Étrangement, Sarah souffre plus de l'absence injustifiée de ce dernier que du cancer qu'elle sait grandir en elle... Le sentiment d'abandon est insupportable. Elle voudrait embrasser Vincent, provoquer elle-même la fin de ce sentiment amoureux à l'égard de Charles qu'elle n'a jamais vu venir et qui la tient. En touchant à cette bouche plus grande que celle de son amant, arriverait-elle à engloutir cette routine que Charles a brisée sans son assentiment?

— J'ai besoin d'un cuisinier pour l'été. Accepte! C'est l'endroit rêvé pour observer les clients incognito. Du coup, tu t'éloigneras de l'historien que tu ne veux plus être et tu te rapprocheras de Véronique.

Tandis que la main de Vincent, au fond d'une poche, retourne les clés de l'hôtel dans tous les sens, Sarah attend une réponse. Vincent se dit qu'il devrait rentrer et oublier ce samedi. Pourquoi avoir tout dit à cette femme ? Exhiber ainsi l'impasse où il se trouve, résumer sa vie en un vulgaire cul-de-sac, qu'est-ce qui lui a pris ?

Le voilà vulnérable devant une inconnue ! Traité comme un pauvre historien sans histoire, un intellectuel déclassé qui rêve de passer ses journées à faire des sandwichs en espérant que l'un d'eux finira dans la bouche de celle qu'il aime !

Quelle est cette misérable condition ? Un emploi trouvé au hasard et offert par une âme charitable ! Salaire minimum pour affronter le minimum de dilemmes. Ne pas omettre de laver les feuilles de laitue des deux côtés, s'assurer d'étendre la même quantité de jambon, fromage, mayonnaise... dans chacun des sandwichs. Tout ça, en s'exécutant le plus rapidement possible !

Propreté ! Égalité ! Efficacité ! L'égalité surtout ! C'est important pour un cuisinier, l'égalité.

Avant de commander, un client regarde toujours les plats servis autour de lui. Avec le plus grand des sérieux, il balaie tout ce que son regard peut accrocher et, si ce n'est pas suffisant, il se lève pour poursuivre subtilement son examen tandis qu'il se rend aux toilettes. Il en oublie même parfois de se laver les mains — mais ça, c'est une autre histoire.

Tout client sérieux ne tolère pas l'injustice : le meilleur plat doit se retrouver à sa table, en face de lui. Et si tel n'est pas le cas, la victime — dite victime des victuailles — risque de se lever et de revendiquer ce qui lui revient de droit : « Le sandwich à la dinde que j'ai aperçu il y a à peine cinq minutes à la table d'à côté semblait plus fourni en laitue que cet immondice qu'on a eu le culot de me servir. Aussi, j'exige qu'on… » Lourde responsabilité que celle qui incombe au cuisinier chargé des sandwichs et salades !

Vincent n'a pas l'habitude de se laisser emporter par d'absurdes pensées ! Cette incartade le fait sourire…

— Qu'est-ce qu'il y a ? l'interroge Sarah.

Pourquoi s'entêter à penser à autre chose que le moment présent, qu'à cette femme radieuse qui lui demande de passer les jours à venir dans son café ? Peut-être parce que donner une réponse affirmative trop rapidement semble aussi obéir à une honteuse envie où se confondent des désirs de plus en plus contradictoires : Sarah et Véronique.

Vincent n'arrive pas à prononcer le moindre mot. C'est une explosion de rires qu'il laisse finalement échapper en guise d'acquiescement. Comme s'il n'accordait plus, tout à coup, la même portée dramatique à ce qui arrivait. Comme si la vie ne pouvait se résumer au fatalisme des pièces de Sophocle tandis que les vaudevilles de Feydeau ne demandaient pas mieux qu'exister à travers une bonne mise en scène loufoque.

La joie de Vincent se propage. C'est au tour de Sarah de s'esclaffer. Deux visages épanouis, invitants comme des continents à parcourir, se rapprochent. Un voyage à portée de main. Chacun s'interdit pourtant de goûter la beauté de l'autre. Jusqu'où peut-on aller lorsque la réalité bascule inopinément?

Vincent recule légèrement, se retranche dans son passé. Mais la rationalité, cet art de se tromper soi-même, n'arrive plus à gouverner ses pensées. Inutile de revenir encore sur la même ligne de feu, au cœur d'anciennes batailles à jamais perdues! Lâcher prise... Son regard peut se poser au-delà de la maison de son enfance, sur des terres inexplorées.

Pourquoi s'entêter à croire que la vie ne s'actualise qu'à travers le combat? L'offre de Sarah est-elle trop simple, trop accessible? Quelle peur retient encore Vincent?

Vincent caresse du regard les mains fines de Sarah.

— Tu joues du piano?
— Non!
— Parfait!... J'accepte l'offre.

Chapitre IX

# LE CONCERT DU VIRTUOSE

« L'héroïsme est peu de chose,
le bonheur est plus difficile. »

ALBERT CAMUS

Un grand concert! Simon Dufort de retour après des années d'arrêt. Un honneur accordé à la Ville lumière. En ce début d'automne, une salle comble. Un seul siège disponible près de la scène, celui réservé à Vincent Dufort.

Simon Dufort prisonnier de ce vide, prisonnier du vide, avance. Vision insoutenable! Comment son fils a-t-il pu lui laisser croire qu'il était en France? La musique ne l'a jamais déçu comme la vie. Le virtuose, qui n'est pas sans ignorer qu'on le regarde fasciné, reste maître de la situation…

Il s'assoit. Ses cheveux poivre et sel impeccablement lissés vers l'arrière, son visage vers le ciel, ses yeux fermés, ses lèvres entrouvertes, Simon saisit le clavier du piano. Il ne joue pas, pas tout de suite. Une sorte de prologue. Rien n'est laissé au hasard.

L'image nécessite aussi le silence! Il offre son être nimbé de lumière en spectacle. Dans les journaux, en plus de parler de « sa réputation qui n'est plus à faire », on encensera « son élégance légendaire », « sa grâce incontestable »…

Ses mains s'agitent tout à coup fiévreusement, effacent le monde autour d'elles. « J'oublie les derniers noms significatifs. Même celui de mon fils. Surtout celui de mon fils. » Le visage mystérieusement pâle et serein, penché sur son autre lui-même, Simon donnera le meilleur récital de sa vie. Soi-même : cette seule personne impossible à oublier, la sublimer ! Le génie humain débarrassé de l'humain. Le pianiste sans Simon.

La blessure métamorphosée en rage et la rage, à son tour, métamorphosée en musique. Il ne subsistera de la peine provoquée par l'abandon du fils que des empreintes sur l'ivoire. Et ces mêmes empreintes resteront là, derrière, loin du Québec, loin de sa maison, loin de son toit qui se couvrira bientôt de neige.

Être délivré de sa famille ! Un vieux souhait oublié serait-il en train de se réaliser, de rattraper les nouveaux désirs contradictoires et inavoués de Simon ? Sa femme qu'il s'est mis à chérir une fois morte, son fils qu'il a commencé à apprécier après qu'il ait cessé de donner de ses nouvelles. En Simon, l'amour ne peut-il toujours naître que trop tard ?

Simon ne peut concevoir qu'être délivré de sa famille soit autre chose qu'un choix ! Et si ce n'était qu'un retour à cette condition ancrée au plus profond de ses tripes, à cette condition première à laquelle on n'échappe jamais vraiment ? Si Simon, né sans famille, était destiné à ne jamais avoir de famille ? Question gênante que son inconscient s'est promis de garder secrète dans son corsage bien ficelé.

Quand on s'est fait appeler orphelin plus souvent que Simon, on ne quitte peut-être jamais
tout à fait l'orphelinat. La nuit, on redevient ce
petit garçon perdu semblable à tous les autres
enfants devant qui défilent des parents de passage.
Le mot famille garde un goût amer… On sait que
si l'on ne fait rien pour se démarquer, on restera
planté là, en rang, les bras ballants, avec ce regard
de gamin éploré, toute sa vie.

C'est en s'éprenant d'un objet inanimé que la
vie de Simon s'est transformée. Musicien, il est
devenu différent des autres, plus aimable que les
autres, plus *adoptable* que les autres. Un bâtard
doué au piano! Quel bibelot fascinant! C'est
comme ça qu'il s'est retrouvé au salon d'une riche
famille. On l'a choisi parce qu'il allait bien avec le
piano à queue qui ne servait à rien.

À son arrivée, on a changé le papier peint
pour un autre plus raffiné à fleurs de lys, on a
installé de lourds rideaux de velours bleu, on a
déroulé un superbe tapis persan rouge qui faisait
toute la pièce et on s'est mis à nourrir généreusement, le jour comme la nuit, le feu de
cheminée.

Puis, avec le temps, des tableaux de grande
valeur se sont retrouvés sur les murs, de superbes
habits se sont retrouvés sur l'apprenti et les meilleurs professeurs de musique se sont retrouvés aux
côtés de ce dernier. Et finalement, Simon Dufort,
soir après soir, s'est mis à jouer les pièces des
meilleurs compositeurs devant les meilleurs amis

de la famille. Très rapidement, on a ainsi fait de lui le meilleur pianiste.

Simon caresse son piano avec fougue, comme lorsqu'il était enfant. Sa vie dépend d'un corps sans vie. Sa gloire est immense mais triste. Sa gloire est immensément triste. La représentation achève. Il ouvre les yeux à peine, le siège de Vincent est toujours libre. Sous son beau costume, le corps mince et nu du père transpire.

Au départ, il était fier de raconter à ses amis que Vincent, trop occupé à Paris, ne donnait aucune nouvelle. En vérité, cet éloignement le rapprochait de son fils. Être père lui pesait moins, lui plaisait presque. Un enfant, comme lui, sans parent, lui semblait plus digne d'un avenir prometteur, plus aimable.

Puis, un matin, il a trouvé le chat qui gisait sous le piano à queue. Schumann était mort sans une plainte. Simon s'est agenouillé sur le tapis rouge, a recueilli l'animal dans ses bras et a écouté le silence. L'absence ! Même plus un miaulement…

Simon était troublé de réaliser que ses va-et-vient dans la maison ne seraient plus jamais accompagnés du frôlement de l'animal de Vincent, un frôlement qu'il avait fini par ignorer avec les années tellement il lui était devenu familier. Tel un baiser naissant qui s'évanouit avant d'avoir ouvert les lèvres, tout lui échappait-il sans qu'il puisse y goûter ?

D'un coup, l'éloignement de son fils est devenu lourd, l'approbation que ce dernier ne venait plus chercher s'est mise à lui manquer. Aussi, donner un récital à Paris et en faire la surprise à Vincent s'est présenté à lui comme une idée merveilleuse.

Mais lorsque Simon s'est rendu à la faculté d'histoire de la Sorbonne une semaine avant de monter sur scène, il n'a jamais trouvé Vincent. « Il a refusé le poste, monsieur... Vincent Dufort nous a dit qu'il préférait rester à Montréal auprès des siens... »

Les mains du virtuose foudroient le clavier dans un dernier geste grandiloquent et s'arrêtent. Médusés, les spectateurs restent cloués à leur siège. Toute personne annulée par le génie. L'admiration crée une étrange solidarité. Qu'une masse applaudissante aux pieds du pianiste !

Simon se lève. Ses pas s'éloignent du piano. Un chemin mille fois parcouru s'ouvre encore devant lui. La reconnaissance ! Une ruelle déserte avec, au bout, un soleil éblouissant et un bruit sourd qui aspire le corps. Le bord de la scène arrive déjà. Le jeu de l'humilité s'impose — vous et Moi, ensemble — mais ne dure que trois secondes. Il suffit de s'incliner légèrement pour se rapprocher du public et s'en éloigner aussitôt.

Mais avant de se retourner, ce soir, le regard du virtuose s'arrête : mon fils et moi, ensemble ? Qu'un siège vide ? Qu'une tache rouge au milieu de la foule, comme un cœur à transplanter incompatible avec le receveur ? « Où est Vincent ? » L'œil hagard de Simon, gourmand comme jamais, cherche jusqu'au fond de la salle. Après trente ans, la faim du père vient de se réveiller.

Temps suspendu. Un pli amer remplace les lèvres de Simon, rend à ce dernier son visage d'enfant esseulé. Trop de reconnaissance par des inconnus! Trop de battements de mains qui, à force de persévérance, frappent aux tempes. Trop de lumière! Vertiges! L'image de la salle devient de plus en plus floue.

Sur le corps tremblant de Simon, une fièvre court. Impossible de respirer! Quelques secondes sont en train d'irriguer une vie, de la transformer! Contre une écluse, un torrent de sang vient se heurter. Et c'est une paix violente qui déchire le cœur de Simon: «Je ne suis pas venu chercher la gloire, mais Vincent!»

Tout s'efface. La main droite contre sa poitrine, Simon s'effondre. La foule se lève. Les sièges rouges se vident. La tête du pianiste échoue sur le plancher. Ses beaux cheveux se répandent autour de son visage étrangement calme. Jamais Simon ne s'est senti aussi bien, aussi vivant.

C'est une espèce de musique intérieure, presque palpable, qu'il est seul à entendre. Étendu sur le sol, inerte parmi la foule agitée qui s'attroupe autour de lui, Simon assiste à son propre concert. Mais cette fois, impossible de jouer.

## Chapitre x

# LE CONCERT DES PASSANTS

« Ce qui pour nous fait le bonheur
ou le malheur de notre vie consiste
pour tout autre en un fait imperceptible. »

MARCEL PROUST

Du fond de la cuisine, tout en sifflotant, Vincent surveille d'un œil distrait la porte d'entrée. Entre deux commandes, son regard revient souvent à cette dernière davantage par habitude que par intérêt. Sarah, qui ne peut s'empêcher d'observer Vincent aussitôt qu'elle a quelques secondes, se demande s'il espère encore l'amour de Véronique.

Cette attente qui n'en finit plus l'irrite. Bientôt trois mois… Impossible que Vincent ne songe qu'à Véronique! Seulement à Véronique! Jour après jour! Un docteur en histoire pense forcément à autre chose, à des centaines d'autres choses… Pense-t-il à elle?

Une incertitude, de plus en plus lourde, insupportable comme une ineptie, éclipse la clameur joyeuse des clients. Comment Sarah a-t-elle pu laisser le passe-plat — une petite ouverture jusque-là strictement utilitaire — l'aspirer à ce point? Il faut lutter contre les attirances trop fortes avant qu'elles nous engouffrent complètement.

Vincent revient à ses mains. Ces mains que son père a si souvent qualifiées de malhabiles. Dans le secret de sa nouvelle vie, les fruits les plus juteux cèdent sous le couteau qu'il manie avec aisance. Ses doigts, libres, bougent rapidement. Ce matin, ils s'exécutent pour le seul plaisir de créer de généreux petits déjeuners…

Vincent éprouve un bonheur tranquille. Il se plaît à vivre, à vivre tout simplement. Son nouvel appartement situé près de celui de Sarah. L'odeur de l'orange qu'il coupe. Bob Marley qui chante *Is this Love*. Tous ces gens animés qui entrent. Une lueur brille dans les yeux du cuisinier. Vincent n'a plus rien à prouver à quiconque… surtout pas à lui-même. C'est ce que les dernières semaines lui ont appris. Il n'ambitionne maintenant que d'exister au plus profond de lui-même.

Un drôle de rire sort tout à coup de sa bouche. Vincent se moque de lui-même. Pour la première fois depuis des années, il a omis de lire le journal, justement au lendemain du concert donné par Simon Dufort à Paris. Des articles pompeux qui doivent ressembler à de vrais dithyrambes… Et pourquoi pas? Vincent ne veut plus prendre ombrage du succès de son père… ni même du succès de qui que ce soit.

Véronique avait bien raison de détester son humour sardonique et ses propos trop souvent amers. «À voir la façon que tu as de te servir de ton intelligence, je me demande parfois si tu la mérites. C'est la même chose pour ta mémoire. N'y a-t-il donc pas de moments heureux qui te semblent dignes d'être retenus?»

Sarah s'approche de la cuisine. Pourquoi laisser son cœur s'emporter au moindre semblant d'intimité? Pourquoi espérer frôler la main de Vincent en prenant une assiette? Pourquoi se perdre dans des yeux gris pleins d'intrigues?

Sarah se penche, appuie les coudes sur le comptoir et vient mettre sa tête entre ses mains. Par la sagacité de ses propos, elle s'applique à dissimuler un inextricable agacement :

— Superbe, quand même, cette porte! Peut-être que portier aurait été plus indiqué que cuisinier...

En guise de réplique, Vincent se contente de lui adresser un large sourire et quelques mots tout aussi gentils que moqueurs :

— Un client s'est plaint de quelque chose?

Tout ce qu'est Sarah charme Vincent. Son regard à la fois intransigeant et bienveillant, son visage fermé sous sa chevelure provocante, ses gestes résolus et souples, sa démarche assurée et gracieuse, ses silences entrecoupés de réflexions tranchantes toujours prononcées avec cette voix de velours... Oui! Tout cela plaît à Vincent. Car il y a dans la personnalité paradoxale de Sarah toutes les forces possibles et contradictoires réunies.

Mais la peur empêche Vincent de parler. Cette peur qui vient au lendemain d'un rapprochement trop rapide et dont on n'arrive plus à se débarrasser par la suite. Cette peur du trop-grand-trop-fort. Il suffit de résister! Ne pas avouer son désir — surtout s'il va au-delà de l'attirance physique — avant l'autre. Le terrer au fond de soi tant et aussi longtemps qu'on ne sera pas certain. Mais certain de quoi, au juste?

C'est Sarah, la première, qui s'est éloignée. Elle a d'abord chuchoté l'existence de Charles; puis, parce qu'elle n'arrivait pas à se convaincre elle-même de l'importance de cet amant dans sa vie, elle s'est entêtée à répéter son nom de plus en plus fort et à l'intégrer au plus grand nombre de projets possibles.

Malheureusement, ledit Charles, bien qu'il lui ait procuré de nombreuses heures de jouissance et d'oubli, n'avait du potentiel que pour les rôles muets et encore... Une fois sur deux, il était absent aux répétitions...

Pour suppléer à cette faiblesse, Sarah a eu recours à Véronique, la seule qui recelait assez de force pour se dresser face à son désir. Car, après tout, si c'était cette femme qui les avait réunis, c'était aussi elle qui les empêchait de s'unir. Du moins, c'est ce que Sarah s'entêtait à croire.

Installée aux côtés de Vincent, dans une proximité délicieuse et risquée, Sarah s'est mise à nourrir l'attente de cet être mythique aux senteurs de patchouli, allant jusqu'à magnifier l'image de Véronique lorsqu'elle sentait celle-ci se ternir.

Comment Sarah peut-elle espérer se libérer de son désir en le balançant dans les bras d'une autre? Le désir ne connaît pas l'orgueil, tant et aussi longtemps qu'il est vivant, il revient à son maître. Mais notre belle amazone souffre tant de sentir qu'on a pris inopinément son cœur en otage qu'elle voit en Véronique son unique espoir de délivrance.

Sarah, qui n'a plus beaucoup de temps devant elle, l'étire ainsi de curieuse façon. Elle nie! La maladie. L'amour. La vie telle qu'elle se présente à elle. Sarah ne peut se soumettre à perdre le contrôle de son corps et de son cœur.

De son côté, Vincent étudie Sarah. Sans en saisir tous les enjeux, il comprend la bataille intérieure qu'elle se livre… qu'elle lui livre aussi en partie. Il attend seulement qu'elle se décide à décréter la fin de toute cette joute qui s'éternise.

Oui, en vérité, c'est cela qu'il attend patiemment, beaucoup plus que le retour de Véronique! Il attend une sorte d'aveu de la part de Sarah pour se livrer, pour se délivrer à son tour.

Au fil des jours, Sarah s'est avérée de plus en plus précieuse aux yeux de Vincent. Une sorte de tableau fabuleux qu'on contemple enfin de nos propres yeux. La pièce maîtresse d'un musée de laquelle on n'arrive plus à détacher son regard de peur d'en oublier un détail. Et c'est ainsi que la beauté s'est tout à coup révélée à lui…

Parce que la beauté n'existe pas en tant que telle : elle n'est qu'une simple résultante. Elle vient du potentiel que possède l'homme à s'étonner plusieurs fois devant un même sujet et à accepter que ce même sujet porte en lui l'ombre et la lumière… Voilà comment l'être aimé peut apparaître aussi grandiose que *La ronde de nuit* de Rembrandt!

La porte s'ouvre à nouveau. Onze heures quarante-cinq. Un vent glacial d'automne et une femme entrent. Véronique, en chair et en charmes, est là qui cherche une place libre. Sarah se retourne, Vincent lève la tête. En même temps, la propriétaire et le cuisinier voient. Il ne s'agit pourtant pas cette fois d'une simple cliente. L'amour, debout, une écharpe autour du cou, attend qu'on s'occupe de lui.

Qui doit agir ? Provoquer de façon irrévocable la tournure des événements ? Les épaules de Vincent se voûtent : Véronique arrive à la fois trop tôt et trop tard. Tout kamikaze, Sarah avance droit vers la porte. L'essentiel n'est-il pas que Véronique soit enfin là ? Aussi, quoi qu'il arrive, que la vérité éclate au grand jour !

— On vous attendait !

Véronique, qui ne saisit pas l'allusion de Sarah, répond timidement à ce qu'elle interprète comme étant une marque d'hospitalité.

— C'est vrai qu'il y a un bon bout de temps que je ne suis pas venue.

— Il y a quelqu'un, ici, que vous connaissez. Suivez-moi !

Véronique cherche des yeux Raphaël qui doit venir la rejoindre un peu plus tard. Peut-être est-il déjà arrivé ?

Vincent comprend le petit manège de Sarah et tout le trouble qui se cache derrière. De la voir si fragile lui prouve qu'il a déjà trop attendu. Vincent en tremble. Comment a-t-il pu être aussi négligeant ? Pourquoi avoir privé l'être aimé de son amour ? Pour protéger le petit garçon blessé en lui ? N'est-il capable que d'un amour égoïste ?

Tout en retirant son tablier, nombre d'autres questions se pressent dans la tête de Vincent. Est-ce le destin ? Un quelconque hasard inévitable ? Pourquoi, en cherchant Véronique, a-t-il trouvé Sarah ? Pourquoi lui fallait-il revoir Véronique pour comprendre à quel point il tenait à Sarah ? D'où vient son intérêt pour Sarah ? Quand a-t-il commencé ? Quand finira-t-il ?

Vincent va sortir de la cuisine, il va déclarer devant tout le monde son amour. Parce qu'il aime. Ça, il le sait. Il aime Sarah comme on aime le soleil : le jour, on s'en réjouit ; et la nuit, on l'espère. Ses doutes se dissipent. Il lui dira aussi qu'il croit à l'éternité des sentiments. Oui ! Il lui dira cela et plus encore. Il lui dira qu'avec elle, il croit... et qu'il veut toujours croire !

Véronique, qui ignore l'agitation que provoque son apparition, cherche toujours Raphaël des yeux. Elle croit à une autre surprise de ce dernier. Elle aime croire à cette idée, aux élans du cœur plein de déraison. Qu'a imaginé son tendre Raphaël cette fois ? Amusée, Véronique suit Sarah qui l'attire jusqu'à l'arrière du café.

Vincent sort enfin de la cuisine d'un pas décidé. Devant lui, Véronique apparaît et s'arrête net. La vue de l'autre qui aurait dû tout changer, mais qui... Bizarre ! Un court instant pour réaliser ! Pour réaliser qu'il n'y a rien à expliquer. L'évidence libératrice s'avoue en toute pudeur. Sans paroles. Sans larmes. Sans regrets. Sans accusations.

Les deux êtres qui se retrouvent après avoir parcouru des kilomètres de sentiments ont changé. Leur visage est adouci par ce regard qui pardonne les détours nécessaires : « Il aura fallu qu'on se rencontre pour comprendre l'amour que nous vivrons ailleurs. Tu auras été cette oasis indispensable à la poursuite de ma route. Sans toi, je ne me serais jamais rendu si loin. »

Curieusement, ce n'est pas tant de trouver Vincent là qui surprend Véronique, mais de le trouver après ce coup de téléphone reçu en pleine nuit. Encore le hasard ? Véronique cherche ses mots. Comment raconter une tragédie qu'on préférerait taire ? Sa voix devient des plus miséricordieuses.

— Vincent ! Qu'est-ce que tu fais ici ? Je te croyais en France. Peut-être y es-tu allé, mais…

— Véronique, je peux t'expliquer !

— Vincent, s'il s'agissait seulement de cela… Laisse-moi continuer ! Je sais que tu n'as jamais été très près de ton père, mais là… Il ne va pas bien. Il a fait un infarctus à la fin de son concert. Il est toujours à Paris et il veut te voir. Il te cherche désespérément. On refuse de le laisser partir, son état est trop critique. Il ne savait plus qui appeler. Il croyait qu'on sortait encore ensemble. Alors, il m'a appelée. Il était en pleurs, Vincent. Ton père était en pleurs au téléphone et m'implorait de lui dire où tu étais. J'ai eu beau lui répéter que je ne savais pas plus que lui où tu te trouvais, il ne voulait pas me croire et il m'a dit : «Accompagne-le. Venez me rejoindre tous les deux. Je m'occuperai des comptes plus tard. J'ai cru que j'allais mourir. Je veux avoir mon fils à mes côtés, c'est tout ce que je veux. Tu peux comprendre ça, Véronique…»  Et je te trouve là… à peine quelques heures après… Je suis désolée Vincent.

Vincent se tourne brusquement vers Sarah restée interdite par les événements qui, semble-t-il, même s'ils s'enchaînent dans une suite de moins en moins logique, sont de plus en plus complémentaires.

— Je veux que tu m'accompagnes en France. Je t'en prie. Ne refuse pas. Nous partirons demain !

Raphaël entre, s'approche de Véronique qui, l'apercevant, va à sa rencontre. Frôle-t-on l'absurde ? Dans la mêlée, ne manque que Charles…

Comment tous ces corps, pris dans le même courant de la vie, peuvent-ils tout à coup entrer en contact sans se heurter ? Plus de blessés ? Plus de naufragés ? Que des hommes qui commencent à savoir nager seul et même en groupe…

Chapitre XI

## LA CHAMBRE DU PÈRE

« On ne doit plus craindre les mots
lorsqu'on a consenti aux choses. »

MARGUERITE YOURCENAR

L'air du fils est-il faussement distrait? Après avoir fait le tour de la chambre, Vincent s'est arrêté près de la fenêtre. Il fixe le jardin de l'hôpital où virevoltent les dernières feuilles tombées. Une géométrie parfaite, avec une petite chapelle au centre, bouleversée par un vent fou.

Un vent venant de nulle part et allant on ne sait où. Un vent qui a peut-être caressé la nature longtemps avant de se lasser de l'inertie de cette dernière. Il suffit parfois d'un instant pour que tout bascule. Un avion pris à la hâte arrivera-t-il à le rapprocher de son père?

L'entretien entre le docteur Samuel B. Keth et le grand pianiste Simon Dufort s'étire derrière Vincent en sourdine. Les paroles de Sarah qu'il entend encore — «Entre nous, ce ne sera jamais possible. J'ai le cancer, Vincent, le cancer...» — ensevelissent celles du médecin. Il ne laissera pas mourir celle qui lui a fait découvrir la vie.

Le doyen de l'hôpital qui s'exprime dans un français irréprochable, malgré ses origines irlandaises, voit vraisemblablement en la médecine le sauveur de l'humanité. Comme si son bistouri pouvait avoir raison de la mort...

Le flot de paroles, qui tente de convaincre Simon — ou peut-être bien le cardiologue lui-même — d'on ne sait trop quoi, a au moins le mérite de repousser la rencontre avec le père. Car malgré son empressement à se rendre à Paris, Vincent redoute ces retrouvailles et le retour au passé familial qu'elles appellent.

Vincent a renoncé aux vieux coffres, à leur contenu mille fois retourné. On ne fouille pas le même grenier toute sa vie. Il faut un jour cesser de chercher dans la maison de son enfance si on souhaite en sortir…

Le médecin quitte son malade. Le regard de Simon fouille la chambre à la recherche d'un pot. Et si toutes les fleurs reçues dans sa vie, y compris celles offertes par Vincent, n'avaient été qu'une marque de délicatesse obligée ? « Prompt rétablissement ! *Vincent* » Il n'y a rien de plus à lire sur la carte de vœux que ces mots impersonnels. Que pouvait-il espérer d'autre ?

D'apprendre que son opération est une réussite tourmente Simon. Sans le prétexte de la mort qui rôde, comment justifier maintenant l'urgence de voir son fils… à son fils ? Il aura l'air d'avoir agi par faiblesse.

Pas de piano ici pour se cacher, pour oublier son besoin des autres… La musique avait été si salvatrice lorsque Simon l'avait découverte à l'orphelinat. Plus aucune pensée gémissante. Ce qui semble nous épargner au départ finit-il toujours par nous perdre ?

Vincent aussi, Simon l'avait vu comme une planche de salut. Finalement, la présence d'un enfant le suppléait auprès de Jasmine. Il pouvait ainsi partir seul, sans remords, de plus en plus loin des bras occupés à calmer les vagissements, pour étendre sa renommée. Or faire le tour du monde n'implique-t-il pas de revenir un jour au point de départ?

Les yeux de Simon espèrent ceux du fils. Mais c'est un homme entouré de mystère qui présente le dos à son père. Simon aimerait s'avancer vers la fenêtre en traînant les pieds, avec cette nonchalance que permet une amitié maintes fois éprouvée, et prononcer de douces paroles sans réplique : « Je savais que je pouvais compter sur toi. »

Il sait pourtant que la réalité est tout autre. Son corps affaibli reste plaqué sur le matelas trop dur. Son cœur se contracte. Simon craint que quoi qu'il dise, cela sonnera faux. Ses désirs sont nés si tard, les exprimer paraît impossible. La tentation de les garder sous silence jusqu'à ce qu'ils avortent est forte. C'est que pour la première fois de sa vie, le père redoute la réaction de son fils.

Les lèvres de Simon se desserrent lentement. La voix qui s'en échappe est tellement tremblante qu'elle tire Vincent de ses pensées.

— Vincent, mon fils, approche-toi, je t'en prie, ne reste pas si loin de moi.

Vincent se retourne. L'image de Sarah lui tendant le bouquet de tulipes jaunes s'estompe. Celle d'un père vieilli et repentant la remplace. L'homme qui lui fait face est si petit et si fragile tout à coup. S'agit-il du grand pianiste de son enfance? Touché de compassion, Vincent écoute le silence qui lui crie une réalité nouvelle à travers le regard implorant de Simon: «Avant que je ne meure, fais de moi ton père! Peut-être n'ai-je pas su faire de toi mon fils alors que tu étais enfant parce que j'avais besoin de l'homme que tu es devenu pour m'expliquer…»

Vincent a toujours cru qu'il ne pourrait pardonner à son père ses années d'indifférence. Pourtant, il recueille l'infinie solitude de Simon et la confession de toute une vie qui suit avec générosité. Un déluge d'une étrange beauté! Vincent en apprend plus sur son père en une heure qu'en trente ans.

Simon est un orphelin qui a refusé d'envisager qu'un parent puisse jouer un rôle majeur auprès de son enfant. Vincent, maintenant assis sur le bord du lit, sourit tendrement. Qui est le père? Qui est l'enfant? Qu'un soupir de soulagement et des yeux brillants de larmes, de part et d'autre, en guise de réponse!

Sarah entre sans frapper. L'attente dans le corridor qui s'éternisait après avoir vu le médecin sortir en trombe lui a fait croire au pire. Vincent est là, qui tourne un regard rougi vers elle.

Le trouble où elle le trouve est tellement plus criant de vérité que le calme empreint d'indifférence promis dans l'avion: «J'y vais dans le seul but de visiter Paris avec toi. Mon père, c'est une histoire ancienne à laquelle il ne manque qu'une fin que je me propose de raconter: compte sur moi, elle sera d'une brièveté exemplaire. Je resterai quelques minutes, pas plus de cinq… »

Mais rien de tout cela. La médisance n'est que gentillesse trop longtemps macérée dans un flot de déceptions. Sarah adresse un sourire timide aux deux hommes et baisse le regard pour s'excuser de son intrusion. Un malaise indicible : l'impression d'avoir rompu un rapprochement inespéré.

Simon voudrait comprendre : l'absence de Véronique, ce qu'éprouve Vincent pour la nouvelle venue… l'existence qui suit son cours même lorsqu'on lui tourne le dos. Mais toute question serait un bond en arrière risqué, un retour dans une zone devenue interdite. La voie la plus prudente reste celle de la désinvolture.

— J'adore vos cheveux, mademoiselle. Dommage que je ne connaisse pas votre nom, j'aurais pu vous adresser le compliment de manière un peu plus personnelle ! Vous accompagnez Vincent, je suppose. Vous avez alors, sans aucun doute, déjà su apprécier sa singularité mieux que j'ai pu le faire jusqu'à présent… Simon Dufort.

— Sarah, Sarah Jourdan. Je vous laisse… Je suis désolée de m'être imposée de la sorte. Vincent, prends ton temps, je t'attends dehors, derrière l'hôpital.

Sarah sort de la chambre encore plus rapidement qu'elle y est entrée. C'est sa propre réalité qui l'effraie. Le monde est une pièce exiguë remplie de miroirs grossissants. Plus on s'approche des gens qui nous entourent, plus le reflet de nos inquiétudes les plus secrètes refont surface.

Elle s'est cru trop forte, au-dessus du désir d'exister qui l'habite depuis toujours. Contrairement à ce qu'elle a affirmé à Vincent, il n'est peut-être pas trop tard. Sarah approche discrètement la main de son sein. Elle n'ose le tâter. Pas tout de suite. Sarah accélère le pas jusqu'à courir. Elle cherche l'escalier, dévale les marches deux par deux et pousse enfin de toutes ses forces la porte qui donne vers l'extérieur.

Personne dans le jardin. La nature danse sous la véhémence du vent. Sarah avance. La porte se referme derrière elle. Vincent, qui est revenu à la fenêtre, aperçoit sa belle étourdie. Avec ses cheveux rouges et ses vêtements polychromes qui volent, Sarah lui apparaît aussi légère qu'au premier jour…

Vincent voudrait refermer ses bras sur le corps fragile de Sarah. Ce sont toujours les plus beaux oiseaux qui restent le moins longtemps cloués au sol. Absurde! L'amour ne peut-il donc être qu'un bonheur évanescent? Et si l'on faisait chaque nuit le même rêve et qu'au réveil on se le répétait jusqu'à ce que la nuit tombe… peut-être ne s'évanouirait-il jamais?

Sarah va s'asseoir sur l'unique banc du parc, près de la chapelle. La prière, même pour les sceptiques, restera toujours une opportunité difficile à écarter. Au pire, quelqu'un entendra et prendra peut-être le temps de répondre… Sarah ferme les yeux et joint les mains.

Mais Dieu, intangible comme il est, que sait-il au fond de la souffrance physique ? La tête de Sarah tourne. Le cynisme ne désamorcera jamais la misère humaine puisqu'elle est sa source première d'inspiration.

Sarah est si troublée par la réaction de Vincent qu'elle voudrait l'oublier. « Tu as donc si peur de souffrir ! Moi qui te croyais vivante jusqu'au fond de tes tripes. Ne me dis pas que la femme que j'aime est une peureuse ! Sarah, je me battrai avec toi. Rien n'empêchera notre amour d'exister. »

Pourquoi s'être laissée périr ? Sarah voudrait signer une trêve, faire la paix avec la vie, tout reprendre à partir de ce moment où elle a renoncé à l'amour, parce que c'est d'abord à l'amour qu'elle a renoncé et, ensuite, à la vie.

Enfant, ses jours avaient été si heureux. Ses parents s'aimaient et l'aimaient tant. Ils l'appelaient leur petit miracle. « Dix-sept ans de pratique avant de t'avoir ! On n'y croyait plus. Tu aurais dû voir ta mère lorsqu'elle a appris la nouvelle, et moi qui lui disais de s'asseoir, que ce devait être dangereux de sauter de la sorte, et les clients qui n'en revenaient pas... »

Elle avait été la petite princesse de ce bistro que ses parents avaient ouvert dès leur arrivée à Montréal, comme ils s'étaient promis de le faire s'ils quittaient Bruxelles. C'était son premier amour, Étienne, qui avait tout fait basculer en quelques secondes. « Nous sommes trop jeunes, lui avait-il dit un soir. On ne s'embarque pas pour

la vie à vingt ans. Trois ans, c'est déjà trop long.
J'ai envie de vivre, d'avoir d'autres expériences. »
On pouvait donc violer une promesse d'éternité
comme bon nous semblait ?

Pour survivre, elle s'était rebellée... Ah, rien
de violent ! Il avait suffi de banaliser ce qui l'avait
blessée. Au nom de la liberté, pendant dix ans, elle
s'était contentée de s'amuser avec les hommes
qu'elle rencontrait. C'est ainsi, sous un amas
d'amants aux gestes sûrs mais trop légers pour
laisser la moindre trace, qu'elle avait enfoui son
désir d'aimer.

Sarah revoit son père en train de servir ses
clients, souriant malgré son âge avancé et son
cœur fatigué. Il y avait déjà cinq ans de cela, juste
un peu avant qu'il ne meure dans son sommeil. Il
parlait encore de sa défunte femme aux habitués
comme s'il l'avait embrassée pour la dernière fois
au matin. Sa bouche remuait avec cette souplesse
que donnent les mots « je t'aime ! » mille fois
répétés... Comme avoir ses parents près d'elle lui
manque !

Comment a-t-elle pu ne retenir de tout cela
que l'envie de posséder son propre restaurant ?
Vincent a raison. Son père, lui, il aurait dit qu'elle
était une couarde. Avoir peur d'exister à trente
ans...

Chapitre XII

## LA CHAMBRE DE SARAH

« Sur votre jeune sein laissez rouler ma tête
Toute sonore encor de vos derniers baisers ;
Laissez-la s'apaiser de la bonne tempête,
Et que je dorme un peu puisque vous reposez. »

PAUL VERLAINE

Elle s'est enfin endormie. Il n'ose bouger de peur de la réveiller.

Un étrange brouillard voile la réalité de Vincent. La maladie est là, tout autour de lui, et il ne voit plus qu'elle. Même s'il sait que l'espoir est la meilleure arme qu'il puisse brandir dans ce long corridor obscur où il a choisi d'accompagner Sarah, son impuissance le déroute.

Vincent ouvre grand les yeux, comme s'il était au cœur d'une forêt en pleine nuit. Son corps endolori avance tranquillement sur le bord du fauteuil. Sa main droite écarte doucement les lourds rideaux qui couvrent la fenêtre. Sa main gauche posée sur ses genoux resserre machinalement le livre qu'il tient depuis quatre heures sans l'avoir ouvert.

Dehors, une lune d'hiver, si faible soit-elle, vient au secours de Vincent. Elle l'aide à deviner le visage aimé, mais les détails les plus réconfortants se perdent dans le noir. Les petites rides, qui se sont formées aux commissures des lèvres charnues à force de sourire, et auxquelles il se raccroche pour oublier les larmes de Sarah, se refusent à son œil contemplateur.

Vincent se renfonce dans son fauteuil. Il est épuisé. Le bistro le jour. L'hôpital le soir. Son

appartement, la nuit, où il rassemble les écrits de
Sarah afin que *Les confessions du Café Noir* voient
le jour en même temps que prendra fin la chimiothérapie... Ses paupières tombent lentement et
s'ouvrent d'un mouvement vif à maintes reprises.
Puis, elles finissent par céder au poids invisible qui
pèse sur elles.

*Tête nue, cheveux au vent, Vincent marche. Devant,
de la neige sans traces à perte de vue s'offre. Le froid
est mordant, pourtant Vincent a chaud, très chaud.
Sur son visage, la sueur coule. Des gouttes glissent
jusqu'à ses lèvres entrouvertes.*

*Ses pieds s'enfoncent, dévorent impudemment,
comme une violente bourrasque, la blancheur immaculée. Une énergie inconnue, farouche, enflamme ses
sens. Tout est possible lorsque notre cœur ressent ce
qu'il a mendié toute sa vie en vain. L'amour...*

*Vincent ira loin, jusqu'au bout. Il faut toujours
un but : le printemps qui se trame à l'horizon et qu'il
veut à tout prix montrer à Sarah sera le sien.*

*La main gauche de Vincent resserre tendrement
son étreinte autour des doigts fins de Sarah. Dommage que la présence de la lune se fasse si timide ! Il
n'y a pas assez de lumière. Il n'y a jamais assez de
lumière lorsque vient le temps de contempler l'arrivée
du printemps...*

# TABLE

MEMBRE DE SCABRINI MEDIA

Québec, Canada
2003